康奈尔·伍里奇黑色悬疑小说系列

死亡舞伴

[美]康奈尔·伍里奇 著

徐蔚 译

上海文艺出版社
Shanghai Literature & Art Publishing House

上海故事会文化传媒有限公司

康奈尔·伍里奇黑色悬疑小说系列（全18种）

编委会

总策划 夏一鸣

主　编 黄禄善

副主编 高　健

编辑成员（按姓氏拼音为序）

蔡美凤　高　健　洪圣兰　胡　捷

黄禄善　吴　艳　夏一鸣　杨怡君　朱崟滢

序 言

你见过妻子为丈夫的情妇洗冤吗？见过杀手恋上自己的谋杀目标吗？还有弃妇嫁给死人、员工携带老板爱妻逃亡、富豪邮购致命新娘，等等。所有这些令人心颤的诡谲事件，或者说，诞生在西方资本主义世界的怪胎，都来自康奈尔·伍里奇（Cornell Woolrich, 1903—1968）的黑色悬疑小说。黑色悬疑小说，又称心理惊险小说，是西方犯罪小说的一个分支。它成形于20世纪40年代，在50年代和60年代最为流行。同硬派私人侦探小说一样，这类小说也有犯罪，有调查，然而它关注的重点不是侦破疑案和惩治罪犯，而是剖析案情的扑朔迷离背景和犯罪心理状态。作品的叙事角度也不是依据侦探，而是依据与某个神秘事件有关的当事人或案犯本身。伴随着男女主角因人性缺陷或病态驱使，陷入越来越可怕的犯罪境地，故事情节的神秘和悬疑也越来越强，从而激起了读者的极大兴趣。

康奈尔·伍里奇被公认是西方黑色悬疑小说的鼻祖。他出生于美国纽约,幼年即遭遇父母离异的不幸。在前往父亲工作的墨西哥生活了一段时期之后,他回到了出生地,同母亲相依为命。1921年,他进入了哥伦比亚大学,但不多时,即对平淡的学习生活感到厌倦,并于一场大病之后退学,开始了向往已久的职业创作生涯。1926年,他出版了长篇处女作《服务费》,接下来又以极快的速度出版了《曼哈顿恋歌》等五部长篇小说。这些小说均被誉为"爵士时代小说"的杰作,尤其是《里兹的孩子》,为他赢得了《大学幽默》杂志举办的原创作品大奖,并得以受邀来到好莱坞,将小说改编成电影剧本。1930年,"事业蒸蒸日上"的康奈尔·伍里奇与电影制片商的女儿结婚,但这段婚姻只维持了几个星期便因他本人的恋母情结和同性恋倾向而告终。此后,康奈尔·伍里奇一度意志消沉,创作也连连受挫。一怒之下,他销毁了全部严肃小说手稿,转向通俗小说创作。1940年,他的第一部黑色悬疑小说《黑衣新娘》问世,顿时引起轰动,他由此被称为"20世纪的爱伦·坡"和"犯罪文学界的卡夫卡"。紧接着,他又以自己的本名和笔名陆续出版了17部国际畅销书,其中的《黑色帷帘》《黑色罪证》《黑夜天使》《黑色恐惧之路》《黑色幽会》同《黑衣新娘》一道,构成了著名的"黑色六部曲"。其余的《幻影女郎》《黎明死亡线》《华尔兹终曲》《我嫁给了一个死人》,等等,也承继了同样的黑色悬疑风格,颇受好评。与此同时,他也在《黑色面具》等十几家通俗杂志刊发了大量的中、短篇黑色悬疑小说。这些小说同样受欢迎,被反复结集出版。然而，巨额稿费收入并没有给他带来精神愉悦。他依旧"像一只倒扣在玻璃瓶中的可怜小昆虫"，徒劳挣扎，郁郁寡欢。自50年代起，因酗酒过度，加之母亲逝世的沉重打击，康奈尔·伍里奇的健康急剧恶化，他的一条腿因感染未及时医治而被截除。1968年，康奈尔·伍里奇在孤独中逝世，死前倾其所有财产，以母亲名义为母校哥伦比亚大学设立了一项教育基金。

康奈尔·伍里奇的黑色悬疑小说引起了众多作家的模仿。最先获得成功的是吉姆·汤普森（Jim Thompson, 1906—1977）。他的《我心中的杀手》等小说以破案解谜为线索，表现罪犯的犯罪心理，从多个层面反映小人物的重压。稍后，霍勒斯·麦考伊（Horace McCoy, 1897—1955）和戴维·古迪斯（David Goodis, 1917—1967）又以一系列具有类似特征的作品赢得了人们的瞩目。20世纪50年代至60年代，黑色悬疑小说层出不穷，代表作家有查尔斯·威廉姆斯（Charles Williams, 1909—1975）、哈里·惠廷顿（Harry Whittington, 1915—1989),等等。同康奈尔·伍里奇和吉姆·汤普森一样，这些作家注重塑造处在社会底层、具有人性弱点或生理缺陷的反英雄，但各自有着独特的创作手法和成就。

康奈尔·伍里奇的黑色悬疑小说还引发了战后西方黑色电影浪潮。自1937年起，依据康奈尔·伍里奇的长、中、短篇黑色悬疑小说改编的电影即频频出现在美国各大影院，并进一步成为好莱坞电影制作的主要来源，尤其是1954年，阿尔弗雷德·希区柯克(Alfred Hitchcock，1899—1980)执导的电影《后窗》赢得了爱伦·坡奖，将这种改编推向了高潮。据不完全统计，20世纪40年代至60年代，共有35部康奈尔·伍里奇的作品被改编成电影，其数目远远超过达希尔·哈米特(Dashiell Hammett，1894—1961)和雷蒙德·钱德勒(Raymond Chandler，1888—1959)。不久，这股康奈尔·伍里奇作品改编热又延伸到了南美、德国、意大利、土耳其、日本、印度，尤其是《黑衣新娘》和《华尔兹终曲》，在法国持续引起轰动。80年代和90年代，康奈尔·伍里奇作品又被西方各大媒体争先恐后改编成电视连续剧、广播剧。与此同时，新一波电影改编热又悄然兴起。直至2001年，美国著名影视剧作家迈克尔·克里斯托弗(Michael Cristofer，1954—)还将《华尔兹终曲》改编成了电影《原罪》，广受好评。2012年，《后窗》又被改编成百老汇音乐剧。2015年至2019年，作为好莱坞经典保留剧目，电影《后窗》再次在美国各大影院上映，引起轰动。

这套丛书汇集了康奈尔·伍里奇的18部黑色悬疑小说，包括16部长篇和2部中短篇，是迄今国内译介康奈尔·伍里奇的品种最齐全、内容最丰富的一个系列。这些小说既有爱伦·坡和卡夫卡的印记，又有硬汉派侦探小说的风格，但最大特色是制造了紧张的恐怖悬念。作品大多数以美国经济萧条时期的大都市为背景，着力表现人性的阴暗面和人生的残忍、污秽、挫败以及虚无。譬如《黑衣新娘》，描述一个神秘女子伪装成不同的身份和外表对多个男性疯狂复仇，起因是多年前那些人枪杀了她的丈夫，从那时起，她就誓言血债血偿，其手段之残忍，令人咋舌。而《黑色幽会》则描述一个男子的未婚妻被五名男子的空中抛物致死，其心灵被疯狂滋长的复仇欲望所扭曲，并渐至迷失本性。在难以言状的病态心理驱使下，他将这五名男子最心爱的女人一个个杀死。与此同时，他也成为可悲的社会牺牲品。

同这类以罪犯为男女主角的小说相映衬的是另一类以受到陷害、孤立无援的无辜者为男女主角的作品。《黑色帷帘》和《幻影女郎》堪称这方面的代表作。在《黑色帷帘》中，男主角脑部遭受重击丧失记忆力，过去的生活片段如梦魇般在内心煎熬。他渐渐回忆起自己曾被人陷害，是一起谋杀案的疑犯。而要洗清嫌疑，他必须恢复记忆。伴随着支离破碎的回忆，他极度害怕自己就是真凶。无独有偶，《幻影女郎》中的男主角与妻子吵架负气出门，在与陌生女郎约会之后，发现妻子被杀，自己则被控告行凶，判处死刑。本可以证明他清白的神秘女郎，却仿佛人间蒸发一般，而那晚所有见过他的人，都不记得他曾与女郎在一起。随着行刑日期接近，所有寻找女郎的努力都以失败告终。即便他本人也开始怀疑，是否真有这样一位女郎存在。

为了增加作品的悬疑，特别是中、短篇小说中的悬疑，康奈尔·伍里奇也会仿效一些传统侦探小说的写法，描述一些出人意料的谋杀奇案。如《死亡预演》描写身穿宫廷裙服的女演员突然被烧死，警方必须弄清楚罪犯（伴舞者中的一个）如何在一大群伴舞者中放火杀人。而《自动售货机谋杀案》要解决的则是罪犯如何利用自动售货机毒杀三明治购买者。除了一些常见的布局手法，暗示超自然力量的存在也是康奈尔·伍里奇解释某些罪案发生的方法之一。《眼镜蛇之吻》述说一个离奇的印第安妇女能将毒蛇的毒液转移至其他物品。《疯狂灰色调》描述一个坚持要解读出"乌顿"（一种巫术）秘密的乐师。《向我轻语死亡》则以一个先知谶语来展开叙述。面对通灵师预言女孩的叔叔将在两天后被雄狮咬死，警察该如何阻止这场事先张扬且没有罪犯的命案？被预言逼得精神失常的叔叔又该如何保护自己？所有人是否能在死亡期限之前揭开阴谋面纱？诸如此类的谜底，将在"康奈尔·伍里奇黑色悬疑小说系列"中一一找到答案。

黄禄善

Contents

舞娘和男子 /1

蒙特利尔：佩罗克俱乐部 /37

米兰：埃克塞尔西奥俱乐部 /65

布宜诺斯艾利斯：塔巴里斯俱乐部 /99

巴拿马：拉佩拉咖啡馆 /150

舞娘和男子

1

寺庙门道里的阴影,像把藏青色的裁纸刀,对角一刀把门道一切为二,一个姑娘蜷曲在斜斜的阴影里,她正在候场等待下去表演,下几个台阶就是舞台。她就是玛丽——"死亡舞蹈"的表演者。没有其他人能胜任这个表演,也没人愿意,或许是害怕某些不幸会降临。他们在玛丽九岁时就开始训练她,如今,她已是个十九岁的姑娘了。

间或,玛丽会起身往前挪步,向下望去。她不是为了要看其他舞娘,她们姿势各异地在下面的舞台上表演,玛丽已看了不下千百次；她也不是为了要看台下，站在庭院中，三三两两从游船上下来的游客，这种旅行团，她见了已不下几十次；她就是为了看他——这一男子。

她的眼睛不能从他身上挪开。其实，他和他的同伴一进寺庙，她就望见他了，他和同伴按照习俗规定，进门前先脱去鞋子。起先，她只是瞥了他一眼，后来，她一次次地望，目光一次比一次停留的时间长。

她的心似乎变得越来越柔软，越来越温暖。她从未坠入过爱河。她想就是此刻，爱情开始了。如果真是这样，爱情来得太快了！就只是一眼，怎么这么快就开始了？她迷惑不解。在寺庙里，他们什么都教，就是不教你什么是爱情，你得自己去探索。

现在，他也在看她。她看向他太多次了。他抬起头，仰视着她，四目交汇。她大胆地露出一丝微笑，希望他能在远处看见。他看见了，回以微笑。哦，他的微笑就像水上的日出！然后，她转过头来移开了视线，以免其他人注意到她。

初恋，就这么不期而至。一直生活在寺庙，只有女眷围绕的她，迎来了她的初恋。

她头也没回地挥手示意。一位年长的女眷趋步前来，此人本和其他女眷站立在走廊另一头，她们曾经也是舞娘，现在年纪大了，成了侍者。

"怎么了，宝贝？"

"我的眉毛要加深点。"

老妇人拿出一小片木炭，抬手准备帮玛丽画眉。

玛丽一把从她手里拿过木炭片："我自己画吧，你给我一张卷烟纸，我看到过你用它卷烟抽来着。"

老妇人干瘪的脸上出现一阵惊恐。

"不要否认，我看见过你抽，别以为没人瞧见。"

老妇人不情愿地摸索出一张纸递给了玛丽："但是，如果有人瞧见你……"

"我不是用它来抽烟的。"玛丽示意老妇人离开，"你现在回去吧，我等会儿还要下去。"

待老妇人退下，玛丽马上背过身去。没人看见她把那张薄薄的卷烟纸摊平在墙上，用木炭片在上面清清楚楚地写了七个字，是用英语字母写的，不是当地语：

稍后请单独前来

然后，她似乎又后悔了，又或是改主意了，她把纸片搓成团，捏在手心里。

此时，舞曲戛然而止，寺庙里的女孩们排成一队，步上台阶，消失在昏暗的庙宇中，而作为舞台背景的司铎们仍然站立两旁。

接下来是片刻的安静，有围观者转过身准备对同伴宣传，为确保在场的人都听见，此人抬高了声音。玛丽在里面可以清楚地听见他所说的每一句话。同样的事情，已被述说了多次，玛丽也已听了无数遍。宣讲者一定是游船向导或导游。无论何时,只要有船只在小岛靠岸,这个团体都会配备一名导游。

"我已经说服他们,为我们表演一个很稀奇的节目。一般来说,是禁演的,那就是——纪念死亡女神嘉里的死亡之舞。我最好先警告你们,这个舞蹈名声不太好。迷信说,这个舞蹈表演太多次的话,嘉里会把死神带到观众中来,也就是说,死亡会在附近发生。舞蹈进行时,如果你们环顾四周,会发现所有的当地人都双目紧闭,包括击鼓者。但是,如果他们背对舞台不看,又或离开此地,那就是亵渎神灵,大家不敢冒这个险。这是个独舞,分为两部分。你们仔细看的话,会领悟其深意。她就是嘉里,以毒蛇为化身,也是嘉里的牺牲品,舞蹈的最后,它会被女神毁灭,现在,它正匍匐在台阶上,头朝观众。"

导游话音刚落,鼓声再次响起。对游客来说,这次的鼓声带有一种不祥的、丧葬式的低沉,是他们从未聆听过的。老妇人轻手轻脚地跟在玛丽身后,为她罩上灰色的轻薄面纱,迅速退去。

姑娘缓缓步下台阶,出现在观众的视野中。起先,她的身体是僵直的,而后,一点点一点点,她的手腕开始摆动,分别在面纱的褶皱中进进出出,最后她抬起胳膊,手腕相抵,盘曲向上,伸过头顶,像毒蛇一般要发起进攻。

面纱突然被向后抛去,一股紧张的气流从肢体向外蔓延,像恐怖气息突然爆发,弥漫在空气中。她的身体几乎一动不动,只有手腕在头顶上缓缓摆动,像一条悬挂着的毒蛇,正在找寻猎物,非常骇人。

此刻,沉静的天空一阵波动,一只秃鹫飞落到寺庙奇异的三角墙上;另一只秃鹫先是漫无目的地在空中飞了一会儿,然后,跟随它的同伴,落在一处。它们的脖子朝向下面的裙楼,像是凭着自己令人讨厌的特有灵性,在审视其中发生的一切。秃鹫——死亡的食腐鸟。

舞娘的弯曲抖动已慢慢从手腕向下传到肩膀、手臂及躯体。她的手腕仿佛是盘曲的毒蛇,在不停地转动,令人害怕。突然,她轻轻一跳,面朝另一处,佯做死亡的牺牲,无助又无路可逃,身体从头到脚呈波浪线颤动。随即,鼓点快速增强,毒蛇愤怒地在做最后的挣扎。

之后,一阵停顿,一切静止。她的四肢瞬间僵化,进入最后的随意状态。众所周知,死神降临:毒液已散开,一切为时已晚,死亡无处可逃。

慢慢地,动作再起,她的全身随着节奏一次次发狂似的抽搐,腰背拱起,然后,头部朝下瘫倒在台阶上,手臂弯曲垫在脸上。

棒槌好像敲打在脑壳上,最后一击,鼓声落下,全场一片静寂。舞娘精疲力竭地躺在台阶上,毫发未损。她微微睁开眼睛,看见男子正弯下腰,从他双足前的地面上捡起了什么东西。当他直起身时,舞娘发现,自己扔给他的小纸团不见了。她见他环顾了一下四周，怕有别人看见。

司铎和随从们把舞娘从台阶上托起，先托起她的双脚，头部仍然朝下，然后托起她的全身，让她保持着最后的舞姿。门道里，黑色的阴影一闪而过，舞娘消失在观众的视线中。

远离游客的当地人在台阶下挤作一团观看。突然，人群中一阵骚动，所有的人都起身了，却有一人面部朝下、背部隆起地趴在地上。人们围着一圈，七嘴八舌的，其中一人小心地用脚尖踢了踢他，他突然侧过身去，身体伸得笔直，毫无生息。人们迅速地把他抬起，从侧门离开。

庭院像被施了魔法一样，又恢复了原样。观众们带着惊恐的表情慢慢散去，即使是见多识广的白人，看上去也是非常忐忑不安。空中的秃鹫不耐烦地竖起了羽毛，似要乘着即将到来的黑夜，开始它们的工作。

2

月亮很早就上山了，正逢满月之时，月光洒在金色庙宇的瓦片上，泛着金光，宁静的庭院也披着一层柠檬色。老妇人和姑娘披着斗篷，从头到脚裹得严严实实，两人偷偷摸摸地走下楼梯。

"要是被发现的话，我是要被罚的。"

"小声点。难道你没年轻过吗？"

"但是，我从没做过这样的事！"

"那就对不起您了。不真爱一次，枉过此生。"

老妇人笨手笨脚地试图抬起庭院大门的门闩，嘟囔道："我一个人抬不动。"

"我来帮你。你抬那一端，我抬这一端。"两人抬起门闩，轻轻地把它放在脚下，一点声响也没发出。姑娘费力地打开厚重的木门，木门向里开了一点，发出嘎吱声，姑娘从门缝里挤了出去。"你就在门这边等着，万一有人来把门锁上，我就进不来了。"

"唉，"老妇人抬头望天，叹息道，"为何他选在今日来？为何今夜月亮要升起？"

"胆小鬼，"姑娘嘲讽道，一个人谨慎地溜出了寺庙，"你怕。为了爱，我是不怕的。"

一只烟头跳落到地上，像一个红色的萤火虫，男子从树荫底下闪了出来，他已在那里等候多时。姑娘向他跑去，虽然距离很近，虽然游戏刚刚开始。姑娘气喘吁吁地站定，抬头望向男子。

"你好！"男子终于开口说道。

"你好！"姑娘小声应道。

"我不确定你是不是这个意思，但是，我一定要弄清楚。"

"一切都是关乎爱，我的意思是。"

"嗨！"他惊叹道，"你会说英语，我未曾想到。"

姑娘耸了耸肩，说道："这里的人都叫我洋妞，虽然我从未到过欧洲。我在这个岛上出生，我的父母是纯种荷兰人。这个小岛在独立之前,是荷兰的殖民地。我的父亲曾是这儿的农场主。后来,日本人来了,我的母亲失踪了。战后,我父亲照顾不了我,就把我送到了寺庙。"她看到了他投来的目光,"要知道,这不是什么伤风败俗的地方。它就像一所学校,一所宗教学校。他们供你吃,供你住,照顾你,教你跳舞。我们不是……"姑娘垂下眼睑,停了一会儿,"……你想象的那样。"

"那个舞蹈……"他说道。

姑娘不以为然地微笑道:"你不在里面,否则你会看到那个人自己从地上爬起来,拍拍身上的灰。然后,司铎会因为他的协助,给他几个硬币。"

"后来,"他强调道,"当我们所有人离开后,你不在门外,你不知道,他们当中另外一个人,当场跌倒身亡了。"

姑娘轻轻地耸了耸肩,说道:"如果你相信,你就信;如果你不相信,就不信。"

"你相信吗?"

"我宁愿谈论——我和你。我生活里的每个夜晚都在跳舞。今晚,我有了……你。"

"他们怎么称呼你?"

"玛丽。"

"这不是一个生僻的名字,就像玛利亚一样。只是你们说的方式不一样而已,玛丽出自玛利亚。"

"它就是玛利亚。玛丽是我的名字,荷兰语应该叫玛利亚。只是,在这里,他们都叫我玛丽。那么你该怎么称呼呢?"

"麦克斯威尔·琼斯,我是船上管弦乐队的队长。"

姑娘一脸迷惑。

"伴舞乐队的队长。"他解释道,"你知道什么是乐队,对吧?"

"就是一群音乐家。"

"麦克斯威尔·琼斯,萨克斯之王,这是一个商标。你知道什么是萨克斯,对吧?"

"我不知道。"

"像这样往下,按着音键往下。"他笑道,"我打赌,你甚至不知道电话是什么东西。"

"那我知道的。虽然我从未用过,因为这里没有,但我知道它是什么东西。"

"唉,"他兴致勃勃地叫喊道,"我很想带上你,带你去看世界,去见识一下,你未曾见过的东西:电视、冰箱,还有晚礼服。任何你觉得刺激有趣的东西,我也会觉得刺激有趣。试想一下,巴黎这种地方会让你产生什么反应。如果正好到了巴黎,想想你会做些什么?"

姑娘向男子挪步靠近,两者嘴唇只差一张餐巾纸的距离:"你带上我吧,带我去见识巴黎,带我去见识伦敦,带我去见识纽约。但是,最重要的是,带我去见识爱情。"

"就按这个顺序？"

"让我见识一下萨克斯和电话，但是，最重要的是，让我见识一下爱情。"

男子做了个鬼脸，取笑道："爱情一直要穿插其中，是吧？"

"难道你不喜欢爱情吗？"

"我喜欢它。但是，爱情就像一张粘蝇纸，你一旦粘上它，哪怕是小指头这样一点点，从此以后你无论你身在何处，它就永远粘着你。"

"什么是粘蝇纸？"

"那么，什么又是爱情呢？"男子把两个手指放在她的下巴上，"而且，你为什么会爱上我？"

"我不知道。"

"为何是我？人群中有比我长得更好的小伙。"

"他们不是我的。"

"有比我更高的小伙。"

"他们不是我的。"

"有比我更聪明的小伙。"

"我不想你聪明，我只想要你现在的样子。"

"我是不应该在我占优势的时候放弃的。"男子严肃地说道。

"带我一起走吧。"

"你最好别再求我，否则，我真的要带你走了。要知道，带上你并不难。"

"如果他们发现我现在这个样子,他们一定会禁闭我,让我挨饿。所以,无论如何,你必须带我走。"

男子咧嘴笑道:"那么你为何要这样做呢?"

"我问我的心,她不给我答案。"

"我们稍微走走,"男子建议道,"我不喜欢离这个地方太近。"

男子搂着姑娘的腰,姑娘头靠他的肩膀,他们就这样在月下闲步,洒在他们身上的点点月光就像虎皮的花纹。

男子眯着眼抬头望去:"哇,看那月亮!"

"它代表着好事还是坏事呀?"

"对你来说是好事;对我来说是坏事。它正让我做我本不应该做的事,像这样,"男子把姑娘拥在怀里,"还有这样。"他吻住了她。

亲吻过后,男子问姑娘:"你以前可曾被亲吻过?"

"未曾被男子吻过。你呢?"

"未曾被寺庙的舞娘吻过。所以,我们公平地开始我们的关系。亲爱的,到曲线处你要当心我。对你如此动作,我真感到羞愧。"

"什么曲线?"

"前面危险的曲线。"

"我会与你一同绕过去的。"

"真是鸡同鸭讲。"

姑娘突然一阵哆嗦,转身望去。

"怎么啦？"男子问道。

"难道你没听见吗？"

这时他听见了，这不是令人宽心的声音。寺庙半开的大门处，有一阵喧闹，可以听见老妇人悲痛的哭喊声；一个男人正声嘶力竭地叫喊着什么，回应声此起彼伏；光脚丫吧嗒吧嗒地在庭院的石板上急促地走着；警钟开始敲响，灯光闪烁，整个寺庙像一个愤怒的蜂房，开始活跃起来。

"我们花个五元钱搭车吧，"琼斯急切地说道，"这个时候，花个十五元或五十元也值得。"他们开始奔跑，他仍然搂着她的腰。

"我让人力车在这条路上等着的。"他气喘吁吁地说道。

他们找到了人力车，车夫正蹲在地上抽烟。琼斯当着车夫的面，伸手往口袋里掏钱。"这儿有五十元，无论什么价钱，只要你能把我们带进克鲁克鲁斯城！"他向车夫许诺道。

两人上了人力车，感到车速非常慢，而事实上，他们已经在飞速前进了，因为每次颠簸和震动都让车高高越过地面，腾在空中画出一道长弧。

"我把钢琴师留在了一个葡萄牙人的酒吧里了。"琼斯断断续续地说道，努力使牙齿不打战。

姑娘把他的话翻译给人力车夫听，此刻的车夫像个八缸发动机，正快速向前奔跑。

他们身后的喧闹声逐渐变弱，意味着他们离寺庙越来越远。但是，这只是暂时的安全，他们最终会被抓住，因为他们知道，这条路是此地唯一的逃亡之路。

他们到达城里，飞速来到"主街"，车轮卷起一阵尘土。

一个身影出现在马路中间，他站立在黄褐色的椭圆形灯光里，旁边是一个正在营业的酒吧。

"就是他，菲格斯。"琼斯告诉她。

人力车突然停了下来，他们差点从车夫后面飞了出去。

"干得好！"菲格斯讽刺地说道，"你做了什么，要惊醒全城？你是掐点打卡离开了寺庙？"

琼斯在人力车上就远远瞧见菲格斯带来了一个城里女人。此女子戴了一顶大檐帽，有自行车轮那么大，可以承载一个花园了。她看上去有点像葡萄牙人，又有点像当地人，一些这种味道，一些那种味道，像一道水果沙拉。但是，这道水果沙拉从冰箱里拿出来太久了，有失新鲜。她居然能说一些旧式英语，旧得像轮船外壳刮落的铁锈。

"快点上来！"琼斯命令菲格斯，"他们随时会抓住我们。"

"我们三个挤在一起？对车夫来说分量太重了，他拉不动的。况且，他已经跑了一圈了，没力气了。我有一个好主意，你俩下车，快点，下车！"

琼斯跳下了车，然后把玛丽也抱下了车。

"现在，把她那件外衣给我，快点！"菲格斯叫喊道，"脱去外衣，女士，就像 T 台上那样，脱去外衣。"他转向城里女人，"你想挣十美元吗？"

"为了十美元，本季剩下的日子我都归你安排。"像谈生意似的，姑娘回答道。

"现在，把那顶帽子给我。你用这件衣服裹住全身，包括头部。现在赶紧上车出发，逛遍全城。如果你有机会的话，原路返回，再去郊外。"他从头上一把拿下自己的帽子，搭在她的肩上，"如果帽子这样放着，人在车上坐得低点，他们是看不出谁是谁的。"

人力车匆匆离去。菲格斯用力把那顶像花园一样的帽子往玛丽头上一罩，帽子耷拉到她的双肩。三个人潜入了酒吧。

一两分钟后，几张愤怒探询的面孔出现在酒吧门口，他们费力地往里看。酒吧老板的小型收音机里正叮叮咚咚地放着音乐，菲格斯的身上吊着一个女子，两人懒散地跳舞，女子的手上还握着一个酒瓶。

有人像发射子弹似的在门口吐了一口痰，以示对里面的人的鄙视："肮脏！整夜在街上寻钱的恶魔之女。"

"我猜他们从来不知道什么是痰盂。"菲格斯评论道，不过声音压得很低。

门口的面孔消失了，他们继续到街上追寻他们的目标。

"好了，结束了。"菲格斯边说，边松开了玛丽。他低声吹了一声口哨，琼斯从一扇门后面闪了出来，他一直躲在那门后。"这个地方所需要的是,"琼斯抱怨道,"一个新的葡萄牙国王。"

菲格斯从门口往街上探察了一会儿。"没人。"他报告道,"我们走吧,他们一定从另一条路回去了,正如我希望的。"

去码头的路非常顺畅。到达码头后,他们一起扶着玛丽,坐上了他们事先准备好的汽艇,汽艇会载着他们回到游船。此刻,处在港外锚地的游船,灯光摇曳,一片祥和。

汽艇沿着星光照耀的水面一路前行,菲格斯迫不及待地问道:"现在,你带着她,要做什么?"

"把我的乐队变成国内最有名的乐队,"琼斯自信地回答道,"结合她的舞蹈。"

菲格斯意味深长地看了他一眼,眼里似乎有一个价格标签,但是,是个廉价的标签。"所以,只是为了乐队。"菲格斯说道,"那么这个女孩子呢?"

"乐队一直是我的全部。"琼斯答道,"将来也会是如此,从开始到最后,一切都是为了乐队。我提醒过她,在那里的时候,我提醒过她,我告诉过她情况,如果她想冒险……"

玛丽姑娘开心地依偎着琼斯,头枕着他的肩膀。突然,她转过脸来,在琼斯的脸上留下一个热吻,但他并没有回予她一吻。

"我仿佛,现在就能看见她在那儿跳舞,我的乐队在为她伴奏——"

菲格斯轻声地嘟囔了几句。

姑娘突然转身问道:"什么是高跟鞋?你刚才为什么说到它?"

"亲爱的,"琼斯表情几乎悲哀地告诉她,"那是接下来一两年,你要学的东西,你会和它有很多回忆的。"

3

周五下午两点半,电话来的时候,经纪人莫迪·鲁宾正在办公桌边忙碌,也没在做什么正经的事。

接线员歌蒂小姐在电话中说道:"麦克斯威尔·琼斯的电话。"

鲁宾眉头紧蹙。"哦,他们回来了?我的麻烦又要来了。"他说道,咧嘴宠溺地一笑。

他身子往后一仰,一条腿搁到办公桌上,点上一支雪茄。他通电话时,总是习惯点上一支雪茄,雪茄有助他更好地说话。("你应该戒烟。"他的医生警告他。"那么请把电话拿走。"他耸耸肩,满不在乎地说。)

"旅途怎样?大家还好吗?"他一口气问完,非常和蔼可亲。

接着是"你们现在在哪?"然后是"是在那个酒店吗?情况很清楚吗?谁付的钱?"后来是一来一去的应答,他挖苦地评论道:"我认为我就是这样的。"

他的雪茄在他的嘴里翻了个个儿。

"我这儿有些钱等着给你。等你来了,我再给你?"

"你正在排练?"鲁宾慈父般地说道,"好的,那是我最愿意听到的。再多的排练也不会累坏乐队的。"

一股热情似乎正扑面而来，确切地说，是扑耳朵而来。虽然他在椅子上焦躁不安地挪动了数次，但他根本没有机会评说。

最后，他终于得到了一个机会，大概也是麦克斯威尔·琼斯需要片刻的喘气机会。

"你带来了一个舞者？你要去购物？这里的人都来路不明，你又带来了一个！你为什么不带一个稀奇的，像……像……"他一时半会儿想不出什么稀奇的东西。

"见到她我可能会不相信？如果我见到她可能会不相信，那么，为什么我要走那么远的路去见她？我最好还是待在这儿，休息一下，不要相信，不要动。"

紧接着是琼斯热切的郑重声明，鲁宾先生最终屈服了。

"好吧，琼斯，好吧。我本来打算去渔具店的，那么我就绕一下路，到你那里看一下，再去渔具店。你在哪儿排练？瑞安大楼，三楼。"

"听好了，麦克斯，不要太大声。好的，但是不要太吵。听到你们的排练声，我会头痛，你是知道的。"

鲁宾挂上电话，灭了雪茄，谈话结束了。接着，他戴上帽子，样子非常潇洒，无人可比。最后，他打开办公桌抽屉，往里看去，要找什么，却没找到。于是，他走向外面的歌蒂。

"你有阿司匹林吗？"他说道，"麦克斯威尔·琼斯回来了。"

显然，阿司匹林和麦克斯她都喜欢。"那群野蛮的印第安人。"她态度温和，语气同情地说道，并递上阿司匹林。

"并不是他们演奏得差，"他解释道，"只是太吵了。"

"我明白，"她沉思了一会儿，承认道，"我个人比较喜欢维也纳式的圆舞曲。"

他在门口停了下来："记一下，我要打电话给那个在珀斯安波易经营的家伙。"

"要我现在就帮您联系他吗，鲁宾先生？"

他噘起了嘴，用手摸了摸："在打电话之前，可能最好还是先听听他们怎么说。他们带回来了一个舞者。即使在珀斯安波易，我也不能够树敌。"

虽然距离不远，鲁宾还是叫了辆出租车。这是职业派头，并不是讨厌费力走路。无论他去哪儿，他觉得，作为一个经纪人，都应该坐着出租车抵达。

他从出租车上下来，给了司机百分之十的小费。这与经济毫无关系，但是很难让大多数司机明白这一点。

司机拿着钱多看了一会儿。"啊呀，谢谢！"他大声说道，但并没有多少感激之情。

"听着，"鲁宾语气坚定地说道，"当我的收入增加超过百分之十的时候，你的收入也会同样增加。"

瑞安大楼是一幢单薄的高楼，年代久远。它正对着一个方形小公园，没有树木，却比其他公园有更多的鸽子和流浪汉，那是因为它盘踞在繁忙都市的最中心。此建筑从远古时代起就被用于各种戏剧排练。

人们即使走在大街上，也可以听见从窗口传来的模糊混合声：跳踢踏舞时，发出的冰雹落地般的嗒嗒声，合着钢琴的伴奏声从二楼传来；一位女高音的流行练习曲正从四楼的某处传来；但是，最大声的，要数从三楼窗口中传来的，铜管乐队发出的嘈杂声，当它达到强音时，可以压过其他任何声音。

鲁宾熟知楼里的各种人物：电梯服务员艾迪；在门厅出售香烟和报纸的山姆；擦鞋匠卢克，他的两个平板椅放在进口的两边。鲁宾招呼道："你好，山姆！你好，艾迪！"经过卢克时，他慈爱地把手停放在他肩上："卢克，过会儿来三楼的排练室。我听他们排练时，你给我擦擦鞋。"

卢克眉开眼笑。每次擦鞋，鲁宾都不备零钱。其实，你听得见他口袋里有零钱，但他似乎从来找不出小于一美元的零钱。然后，他也从来不要找零。"好吧，你欠我的，下一次。"是他的托词。但是，永远不会有下一次。

情况与对待出租车司机不同，可能是因为卢克是创业者，他是在经营自己的生意，他不受他人委任。

当鲁宾走出电梯，推开排练厅大门时，吹奏排练正完美地进行。就如他经常说的，这不是他喜欢的音乐。"我出售它，但我不必喜欢它。"

音乐声戛然而止。当大家见到他时，几乎是扔下乐器，快速从位置上冲向他。当然，钢琴除外，它仍然待在原处。即使是正在窗边来回走动，研究曲谱的女歌手比伊也扬起了（不是扔下）曲谱，结果其中有几页纸落到了地板上。

另一位女性——"她。"鲁宾疑虑重重地对自己说道，毫不张扬地端坐在靠墙的高背椅上，双膝并拢，双手放在膝盖上。他还没来得及再多看她一眼，这时，嘈杂声向他扑来。

"莫迪！"

"宝贝！"

"你好，老爸！"

"我要亲你一下！"

说要亲他的是一位男性，然而，真正行动的是比伊。她用力地连亲了鲁宾几下："哟！哟！哟！我的老宝贝，你不想念我们吗？"

"这个你料想得到。"鲁宾狡黠地说道，"周围如此的安静，问问歌蒂，我都不认识我的办公地了。"

他们高兴地大笑起来。

"你收到我从马赛寄来的明信片了吗？"比伊兴奋地说道，"我从马赛寄了一张明信片给你。哦，马赛！"

鲁宾点点头埋怨道："整个旅行只有一张明信片，可真有你的。"

"我本来想从那……什么地方，寄一张明信片给你的，那是什么地方来着？"比伊声嘶力竭地反驳道，"但找不到合适的，他们那儿唯一的一种明信片，是那种不雅内容的，我不能寄那种明信片给你。"

鲁宾捏了捏她的脸蛋，取笑道："不要介意，我了解你，你是个善解人意的小气鬼。"

此刻，琼斯正示意坐在后面的可怜姑娘："过来，亲爱的，来这里一下。"

姑娘起身，胆怯地朝他们走来。

琼斯搂着姑娘，以示鼓励。

鲁宾的脸上出现了片刻不置可否的表情。

"她说英语吗？"鲁宾不确定地对琼斯说道。

"噢，当然。她只是在那儿长大。她在那里的一个寺庙里接受教育，学一些常规的课程等。她是在寺庙里长大的。"

鲁宾仍然非常怀疑："她是从寺庙来的？先前你没有告诉我这些。"

"我本打算告诉你的。"琼斯敷衍着，又急促地说道，"但是他们教她跳的舞可不一般！你应该看看他们教的舞！"

"在寺庙里，他们还跳舞？"鲁宾完全蒙了，"我的拉比·梅耶博士应该听说过这些事情。"

"莫迪，不是你们的那种寺庙。"另外有一人赶紧出来解释，"他说的寺庙更像寄宿学校。他们的宗教与你的不一样。"

"关于那个我不想再辩论了。"鲁宾坚定地说道,从头到脚地打量起了那姑娘。

"向莫迪先生问好,亲爱的。"琼斯怂恿道,"为方便,我们叫她玛丽。她的全名是格特鲁德·玛丽亚·鲁伊特。舞者要这样的名字做什么?她是百分之百的荷兰人,她母亲去世后,她的父亲把她送到一个寺庙寄养。他……呃……自己在海滩边游手好闲,你知道我的意思。来吧,向莫迪先生问好,亲爱的!"

"向莫迪先生问好,亲爱的。"玛丽鹦鹉学舌地说道。

"他已经同她结婚了。"有人顽皮地说道。

"我们不是真结婚。"琼斯立刻反驳道,"只是商业需要,否则她不被允许登陆。在船上,她同比伊一个船舱;我同菲格斯、布兰德一个船舱。"他转向姑娘,希望得到证实,"是吧,亲爱的?你告诉他。"

"是这样子的。"姑娘神色黯淡地说道。

鲁宾摇了摇头:"真是个不错的婚姻。继续吧,这是你自己的坟墓。"

"给莫迪拿把椅子来,"琼斯打官腔地命令道,"我希望他能抓住这个项目。"

"抓住?"鲁宾说道,他似乎并不喜欢这个词。他轻轻地坐到椅子上,脱下眼镜,擦拭干净后又重新戴上,端正好眼镜架。"可以了吗?"他说道。

"各就各位！"琼斯打了榧子,"让开,比伊,退到窗边去。"

"请原谅。"比伊坐上了窗沿。

"我要先给你描述一下背景,"琼斯继续说道,"这样你才能明白她要表现的主题。这是个死亡之舞。她扮演了两个部分——"

"前世和后世。"温柔的声音从窗沿处传来。

"比伊。"琼斯厉声呵斥道,"让她出去,布兰德,让她待在大厅里。现在,听我说,莫迪,你要想象有一条蛇。"

"我要想象有一条蛇?"鲁宾不安地说道,带着一副努力保持开放心态的样子。

"她正在与蛇搏斗。开始她是蛇,后来她是她自己,蛇在撕咬她。"

"如——如——如——如果……"鲁宾不由自主地哆嗦起来。

"她倒下了,她就死了。这就是舞蹈的故事。"

鲁宾给人的印象是他已经落伍了一段时间。于是,他又尽职地赶上了队伍。"开始,她是一条蛇,后来她不是了。当她不是的时候,蛇就撕咬她。她倒下,然后——"他停住了,"是她倒下,还是蛇倒下?"

"她倒下,然后死了。"

鲁宾急不可耐地要进行评判。"是谁干的?"他气愤地询问道,好像要第一时间向美国作家与出版商协会提出申述。

"这个舞蹈有点年头了,它像是一个仪式。"有见识的琼斯说道,

"它从古时流传下来。"

"那它应该在那儿待着。"鲁宾没好气地说道,头完全转向一边,只见耳朵,不见嘴巴。"呵,"他说,"要不晚饭后,你让她表演给大家看。"

琼斯脸上一副死相。

"好吧,好吧。"鲁宾突然心软了,"表演吧,我看。"

"第一乐章,小伙子们!"琼斯得意地叫喊道。

门开了又合上了,卢克羞怯地慢慢向鲁宾走来,手上拿着擦鞋的盒子:"您现在要擦鞋吗,鲁宾先生?"

"可不是,"鲁宾如释重负地说道,"就在这儿吧,这个表演可能很费我的脑筋。"他小心翼翼地调整了一下他的裤腿,"看着,卢克,"他宠溺地提醒道,"我穿的可是白袜子,对吧?你得当心别把鞋油沾到我的袜子上了。"

"我会小心的,鲁宾先生。"卢克许诺道。

"我在看,我在看。"为了回应琼斯的受伤表情,鲁宾向琼斯补充道,"现在她是蛇,对吧?"他又纠正道,"不,她是另一个她。"

卢克一边擦鞋,一边好奇地转过头去。

"你最好看着我的鞋,而不是去看我要看的东西。"他的客户低声地评论道,"你不会错过什么的。"

"非常吸引人,"可能是出于仁慈,而非真正的热情,鲁宾当众声明道,"非常好,亲爱的。你跳得很好,让我想起了多年前的吉尔达·格瑞,只是更加放松。"

下面有什么东西引起了他的注意。

"卢克,我的袜子!你擦鞋布上的鞋油沾到我袜子上了。你的脸靠得这么近,快到我膝盖了,还怎么看得见?"

"对不起,鲁宾先生。"卢克虚弱地说道,试图挺起身子坐直。然而,只见他的眼睛在翻白眼。

"卢克!"鲁宾尖叫道,"你不舒服吗?怎么啦?要休息一会儿吗,孩子?"

卢克沾了一点鞋油想涂到鞋尖处,结果完全没涂到,他的手滑到了右侧地板上,紧接着,身体也翻落到地板,脸部朝下,慢慢地,身子挺直,浑身无力状。

鲁宾跳了起来,蹲到卢克身边,试图抬起他的头和肩。

"卢克!卢克!"鲁宾疯狂地摇晃着他的身子,拍打他的脸颊。

鲁宾身后的地板上,同样地,琼斯的舞者正一动不动地平躺在地板上,唯一不同的是,她的眼睛仍然扑闪扑闪地向上看着他们。而卢克的眼睛再也不动了。

"拿苏格兰威士忌来!"鲁宾惊恐的命令道,"敲鼓的,停下来,我要听他的心跳声,再拿一张椅子来,放在这儿,帮我把他平放在这儿。小心他的擦鞋工具,你要踢到了!"

威士忌,也不管是不是苏格兰的,从某人的后裤袋里直接拿了出来,灌进了卢克被扒开的双唇。

"灌不进了。"鲁宾害怕地喘着粗气。

大家都呆住了,有人擦拭着从卢克嘴边一直流到颈部的威士忌。

"快叫救护车!"鲁宾催促道,"难道不知道他需要急救吗?"

有人已经叫了救护车。布兰德从大厅回来。

只是一会儿工夫,就发生了这么多事,片刻也显得很漫长。大家都围在卢克周围,无助地看着他。但,却有一人例外。

那就是舞娘,她早就自己起身,没人注意到她。宽敞的房间里,她一人远远地退缩在墙边,远离人群,双手放在背后,好像它们是罪恶之源,要把它们藏在身后。整个房间,没人记得她,没人看她一眼。

最后,令人恐慌的救护车的鸣笛声从街上传来。救护车到达大楼后,鸣笛声停了下来,一名医生和两名抬担架的冲了进来。

"你们本应该让他躺在地板上的。"医生还没踏进房间就训斥道,"不要动他。"

他弯腰检查了躺着的卢克,只一会儿,就直起了身子。

"没用了,"他说道,"他死了。"

没人说话,没有一个人,能说什么呢?人都没了,还能说什么?

大家看着他,各自想着他。然后,望向别处,还是想着他,各想各的。有人望向窗外;有人带着疑问低头摆弄着萨克斯;有人望着地板上的空地;有人看着手中的赛马赌票,虽然他早已看过,号码已烂熟于心。有一人——鲁宾，满怀柔情地望着自己那双沾着鞋油的白袜子，好像是在欣赏一幅美丽的作品。

卢克走了，他们把他带走了，只留下一小罐鞋油，它还在那里。鲁宾最后把它捡了起来，撕了一张报纸，把它包裹好，插在他外衣的口袋里。他说不出为什么要这么做，也不知道要用它来做什么，只是觉得这样比较好，东西不要被别人糟蹋了。

救护车刚到，警察随即就来了，逗留了一会儿，低声问了鲁宾几个问题，记了笔记，随后也离开了。

现在只剩下乐队，他们不再演奏，不再舞蹈，不再歌唱。此刻，谁还会想表演？

今天，他们就到此为止了。结束时，大家只是简短地寒暄了两句，因为有个陌生人死在他们中间。

"什么时候走啊，菲格斯？"

"星期一，伙计。"

"要换另一幢大楼了，是不是，老板？"

"是的，我知道你的意思。"

"这些歌词是你的吧，比伊？你最好带着。"

"它们很重要的。我做的事真是有意思,靠唱纸上的文字为生。"她漫步走向门口，低声吟唱，"Proving that there's a way, To shake your cares away（证其有道，不再苦恼）……"但是，脑中想的还是死人的事。

有人说道:"真是蹊跷,就在她跳舞的时候,这事就发生了。"

突然一片寂静,仿佛有一个声音在不可思议地替他们所有人说话。

4

第二天,当电话铃响的时候,琼斯正好在鲁宾的办公室。

"珀斯安波易市棕榈树俱乐部的弗兰克·帕米尔力来电。"歌蒂通报道。

"棕榈树,"鲁宾小声嘲讽道,"那儿没有一棵棕榈树,整个珀斯安波易市没有一棵棕榈树,整个新泽西州你也找不到一棵棕榈树,他还管它叫棕榈树俱乐部,接电话进来吧。"

此刻,他的态度相当傲慢,甚至摆出一副居高临下的姿态。

"算了吧,弗兰克,我的委托人不会感兴趣的。

"我知道,但我早就打过你的电话了。我正和他在谈论这件事,在你打电话之前。现在情况完全不一样,即使他想,我也不会由着他的。

"三千?对不起。(打了个哈欠)保持联系,我会帮你找到好的小乐队的,有很多的。"

"嗨,是给我们的吗?"鲁宾一挂上电话,琼斯就小声抱怨说,"那是什么?一星期吗?你疯了吗?"

"喂,我是以我的方式推荐你,不是以你希望的方式。你想要蛋糕吗？所以不要嚷嚷，因为我从你那拿掉的是甜甜圈。"

他愤愤地把桌子上的文件挪了过去。

"这其中有一份电报，罗克西俱乐部想让你们去演出。我打算拒绝他们。"

"别！别！"琼斯双手合十置于前额哀求道，"是第七大道和十五大道之间的罗克西俱乐部吗？"

"是俄亥俄州普莱恩菲尔德市的罗克西俱乐部。"

此时，电话铃又响了。

"斯玛特先生要见您。"

"让他进来吧。他是个公众人物，地位很高。"他告诉琼斯，"我希望他能帮你操作。你会看到一个生龙活虎的人。"

这位生龙活虎的人，像根带电的电线，但全身包裹着良好的绝缘体。即使脱下厚重的羊驼大衣，身上还有很多东西，能量和重量并存。嘴上一抹整齐的小小八字须，就像是铅笔画过似的，应该很吸引女士；手上的腕表，除了天气预报，其他所有信息都有；衣服也很昂贵，都是出自街道另一头的名品店。一副行走的商业兴隆景象。

他坐了下来。

"比尔，"鲁宾打开了话匣子，"他是麦克斯威尔·琼斯，他有个乐队。"

"莫迪，"斯玛特不满地抗议道，"我跟你说过，不要再向我推荐了。"几个小动作表明,他似乎要立马起身离开。

"比尔,"鲁宾安抚道,"你是否还记得,三年前的一天,就像现在,你来到我的办公室,我让你见了四姐妹?她们长得很丑,扎着马尾辫,就像罗伊·罗杰斯的马,而且她们并不年轻——"

"安德森姐妹,'老姑娘四重唱'。"斯玛特补充道,"我们反其道而行之,把她们变得更老更丑。"他瞥了一眼他那块精美绝伦的手表,不是为了看表上的时间,而是觉得它好像是那个场合的见证。

"现在,你无法再离开她们,要时刻关注着她们,就像关注每一个调控器,甚至是墙上的空插座,生怕有漏电现象。"

"是的,"斯玛特谦虚地说道,"我就是那样。"

"所以,你就不能再来一次吗?世界以安德森姐妹为结束了吗?后面就再没有继承者了吗?"

"我现在顺风顺水,我不想再费力攀登了。"

"对他,你不需要攀登,你只需轻轻推他一把就可以了。我来告诉你这个男孩的故事。"

他伸出整个手掌,说道:"我不在乎他能否像个天使一样表演,我也不在乎他是否能分辨出不同的音符。所有的音乐,在夜总会听上去都一样,它们不是用来欣赏的。我要求的只有一样东西,他是否有噱头,是否有什么东西能让我感兴趣。"

"你是裁判,你说了算。"鲁宾强调道,随后,他又自信地说道,"他带回来了一个舞娘,从什么地方来着?我记不住,名字很长,差不多要用到所有字母,在东边。你知道我的意思?东边,不是像长岛那样的东边,是东方的东边。这个舞娘能跳一种舞——"

"是不是很多舞者都在跳的那种?"斯玛特无精打采地打断道。

"这种舞蹈,不是的!"鲁宾强调道,"这种舞蹈出自一种迷信。在他们的信仰里,一些东西出于天意,是有可能发生的,是要冒险的。谁知道要发生什么,我不是专家。正好昨天,在这里,纽约——看吧,这里。"他把一张报纸推给了斯玛特。

"你指的是关于在布鲁克林与曼哈顿枢纽处的二十分钟交通堵塞?"

"不,不,不。那条小的新闻。在那条新闻下面的两行,仔细看,很小的字体。"斯玛特读完对卢克死亡的简短报道后,鲁宾总结道,"现在你来接手。你和各家的报纸关系好吗?你有合约吗?"

斯玛特把报纸扔在一边,坐直了身子,愣了好一会儿。他全神贯注地用一根手指指着前方,好像在指前面墙上一个看不见的骷髅头,唯有他能看见。"来自东方的死神,"他轻轻地呢喃,"有杀气的舞蹈,如果你靠得太近的话。"突然,他惊跳起来,好像成功地把自己吓了一下。其实,他并没被吓住,而是出于亢奋。他双手同时拍膝,好像要当场把它们击碎。

他自己回答了先前的问题:"他是有噱头的!嗨,他根本不需要操作,就可以自己前行。他只需上紧发条,就可发动,在任何地方!我可以让他的名字,出现在每个夜总会的专栏里,出现在今天出版的每个夜生活版面上；还有更好的，我可以把它放到报纸的头版头条，周日的图片推广是件很容易的事。我可以让他预热三周，然后，正式开始。我还坐在这里干什么？"

他起身，一阵风似的走了。

转眼，他又一阵风似的回来，拿他的大衣。

"他们不会期待每次表演都会有一具尸体吧？"鲁宾提醒他道，"这可没人能保证。只是偶尔会有尸体，可能这次，可能下次，谁知道呢？"

"我会安排的。"然后，他转向琼斯，吐了口气，说道，"做好准备成为大人物吧，年轻人。比尔·斯玛特现在开始看好你。换掉你的住所，换掉你的裁缝，换掉你的女朋友，还有你的袜子。一旦你被彩蛋砸中，它们将会源源不断地以更快的速度砸过来。到时，可别被别人抓住把柄，损了你的声誉。"

"那么……那么，您认为我们值多少钱呢？如果你准备推广我们，斯玛特先生？"琼斯问道，好像被斯玛特的自信吓住了。

"你们不会比现在更值钱的！但是，他们付给你们的，不是你们值多少钱，谁听说过这个？他们付给你们的，是你们让他们觉得你们值多少，他们觉得拥有你们值多少钱，那些买你们的人。我们要反转一下，先要十五，然后一直让他们升到二十。"

"是一千五吗？"琼斯嗓音颤抖地说道。

"一万五，"斯玛特厉声说道，"每周。"

斯玛特终于穿上了大衣,这次是脚步轻盈地走了出去。

背后是敞开的大门,和张着嘴的麦克斯威尔·琼斯。

5

经过斯玛特几周的策划活动,最后的召唤来了,是通过鲁宾向琼斯传达的。

"好了,收拾好你们的行囊、乐器到我的办公室来,你手下所有的人,一起。"

当他们收拾好,到达鲁宾办公室时,鲁宾手拿一支钢笔,示意琼斯。

"在这签字,这儿,还有这儿。没必要看了,我刚刚已拿放大镜仔细地阅读过了。"

琼斯签完字,好奇地看了看合同的底端:"为什么那个人是用红笔签字的?"

"他是个很幽默的人。"比尔·斯玛特也在场,马上解释道,"可能,他并不是开玩笑。他跟我说有两个原因:第一,这份合同是下了血本的,所以签名要与之匹配,要有血色;第二,很可能最后合约结束时,他血本无归,出现红色赤字。"

"那样好吗?"

"好的!你知道他最终想暗示什么吗?在交易结束时,他想知道，我们是否会接管他的俱乐部，让他带领乐队为我们工作。他说，他想以这种方式出人头地。"

"这是一个经纪人的梦想。"鲁宾认可道，"我只是发愁我梦醒得太早。好吧，动身吧，你们要赶火车。"

鲁宾桌上的合同纸像秋天的白色落叶，散得到处都是。琼斯匆匆地把这些合同纸胡乱地塞进口袋："替我把这些账单付了，莫迪。这样，他们就不会以为我逃走了。"

"我明白。"鲁宾郁闷地说道，从账单里筛选了几张，"袜类，二十五美元。"

"他让我换袜子的。"琼斯耸了耸肩。

"六套西服，定制的……"

"他让我换裁缝的。"

鲁宾伸出一只手拍了拍他的脸蛋："你非要搬去那儿吗？去高楼吗？你就不能接点地气？你要装扮成老鹰吗？"

"他让我换个住所的。"

鲁宾悲伤地摇了摇头，结束谈话："你确定你没有漏了什么东西？这些就是全部了吗？再想想，现在。我不希望你漏了什么。"

"我不能换女朋友。"琼斯温和地说，"因为我没有候选的。"

背景墙那边，传来了一个温柔的讯号，玛丽正温顺地坐在那里，旁边是他们的行李。她深情地看了他一眼，但他根本没注意到。

"等你到了那里，可以再挑一个。"斯玛特轻声地保证道，"你去的任何地方都有很多女孩。另外，进口的东西最好随行，这样你们可以逃避消费税。"

"好了，我们没有时间打包行李了。"鲁宾命令道，挥着胳膊赶他们，"确保你们现在把一切都准备好了。拿好长号，拿好那个……哦，请原谅，亲爱的，不知道是你，你们带好这个小姑娘。还有二十分钟，火车就要开了。"

在鲁宾和斯玛特的护送下，一行人到达了中央车站，地下一层，七号站台。所有的人都挤进了一个软卧包厢，原则上，这个包厢是留给比伊和玛丽的，其他人是硬座。

鲁宾和每个人都握了握手，拍了拍玛丽的头，好像她是个吉祥物似的，最后在车厢口，老父亲般地又嘱咐了几句才下车："好吧，我要说的就是，Mazeltov，每个人。意思是祝好运，上帝保佑你们，演出顺利。我不指望你们成为圣人，但如果你们要成为讨厌鬼，请成为高级的讨厌鬼。记住了，你们处在重要的时刻，你们是有明星潜质的。希望我有一天可以骄傲地说：'我是他们的经纪人。'希望你们赚很多钱回来。"

列车门关上了，各种由于情绪高涨而发出的乐器声被隔断了。

"快把瓶子挪开，莫迪正从窗外看着你呢。"

"我正要拿开呢。"一个无可辩驳的回答声响起。此时，外面弯腰朝里看的莫迪支起了身子。

"被吓到了吧，亲爱的？"比伊关切地低声问道，"小点声，小伙子们,这是这孩子的第一次旅行。"

"没关系的,"玛丽勉强地笑了笑,"只要我能和麦……麦克斯威尔坐一起。"

比伊猛地一把拽起了旁边的男子,把他拉了出去,给她腾出地方:"起来,懒虫,让空气流通一下。"

玛丽舒适地靠着琼斯,而他完全心不在焉地搂着她:"爸爸的小金矿,爸爸的小财富。"眼睛却望向别处,看着窗外的鲁宾。

"这是给你的温柔话语。"比伊小声嘟哝道,略有醋意,"他称呼别的女人土老帽,甚至还带脏字。"

"叭——!"火车的鸣叫声在外面的隧道里回荡着。

突然,有人想起了一件事,绝对的后知后觉:"嗨,火车是到哪儿的?有人知道吗?我知道它开了,但开往哪里啊?"

琼斯猛地打开窗户,朝着鲁宾大喊大叫道:"嗨,它到哪儿的?你忘了告诉我们,我们约了去哪里?"

"具体情况,具体情况,"鲁宾平静地用手掌向他挥了挥,"火车知道方向,你不会迷路的。明天晚上,你们在加拿大蒙特利尔的佩罗克俱乐部开演,北美开价最高的乐队。"

蒙特利尔：佩罗克俱乐部

1

她的首个夜场演出，她的首批观众，是在佩罗克俱乐部。俱乐部非常小，但很奢华。男士们都身着燕尾服和白领带。如果你只穿了件夹克，会被人推进厨房；如果你再穿得差点，就根本进不了门。

玛丽坐在那里，蜷缩在被灯管环绕的镜子前，比伊正在帮她化妆。根据节目单，他们是第十个节目，现在还有十五分钟的时间，是焦虑的十五分钟，因此显得特别的漫长。

"紧张吗，亲爱的？"

"我感觉要死了,真希望死了算了,但又不会,不会那么快。"

"这才正常,"比伊轻松地赞同道,"就应该是这样的。如果你对我说,你很平静,没有什么感觉,我倒会担心,会送你去看医生。"

玛丽突然开始对化妆的步骤感兴趣起来:"你这是做什么?"

"你的脸和你的舞蹈不很相称,亲爱的。你看上去像个瓦萨学院的新生。你的脸与你练舞的身材比,太稚嫩了。"比伊看了看妆容的效果,"你现在看上去,像个熬夜学习的瓦萨学院的新生。"

"等一下。让我试试。"

她试了试。

"可以啊,它遮盖了生涩的感觉——"

突然,她的身子惊恐地扭动起来:"哦,他们结束了!"此刻,她头上箍着头巾,身上裹着披风,正试图从椅子上站起来。比伊把她按回原处。

"哇哦!还有足够多的时间,离你的节目开始,还有十分钟的休息。"

所有的人都进来了,围着她,预祝她成功。顿时,房间里挤满了男人。

"等一下,这是什么!"护卫高手比伊大喊道,"土耳其浴室里的男人之夜吗?"

"她是我们的小妹妹,我们是她的大哥哥。"有人声称道。

"好吧,既然你们已向她亮出了你们的出生证明,那就赶紧——"

"让他们留下吧,"玛丽声音颤抖地说,"就这样和他们在一起,我就不害怕了。"

"一块奶酪掉在老鼠窝里,她居然不怕。"比伊说道。

"我们居然被叫作老鼠。"其中一人挑起事端。

"谁叫的?"

"那儿的一只大耗子。"

"不要老拍她的肩膀。"比伊命令道,拉下了某人的手,"待会儿表演时,她要抖肩的。"

此刻,琼斯突然出现在已经拥挤不堪的房间里,胳膊上斜挎着一瓶香槟,一个侍者端着一盘玻璃杯跟着他进来。

"你疯了吗?"比伊尖叫道,"除非我死!这孩子已经要崩溃了。"

一个软木塞,像一颗漂亮的彗星,拖着一股泡沫,飞到墙上。琼斯往他的手掌里倒了一点酒,举过玛丽的头顶,有意洒在她身上。

"你以为她是什么?一条船吗?"比伊反抗道。

"名誉、财富,亲爱的,还有幸福。"他祝福玛丽说,"为你,为我们大家。"所有的人都一饮而尽。

"会让你感动得热泪盈眶的,那些东西。"比伊信口道,"我是一直这样被感动的。"她靠近玛丽,捧着她的头亲吻了一下,然后卸下她的头巾和披风,"喜欢她这样子吗,老板?我亲自给她化的妆。"

"哎呀，"他拉长调子，仰慕地说，"你太棒了，正是我希望的效果，我就希望她这个样子。"

玛丽浑身哆嗦，紧紧挽着比伊。"被吓坏了。"比伊小声地对琼斯透露道。

"你扶着她，直到她上场，比伊，尽可能陪她到侧幕，不要让她单独过去。"

"我知道的。"比伊说，"最后的一英里。"

琼斯向门口走去。"麦克斯！"玛丽突然近乎绝望地喊道。

他转过身来。

"你可不可以，可不可以，亲吻我一下，祝我好运？"

"那是必须的。"比伊压低声音，面无表情地说道。

琼斯回到她身边，亲吻了她。他原本想亲她的前额，不想她突然侧过脸，他的吻正好落在她的唇上。

他出去了，留下两个姑娘单独站在小化妆室里，比伊的一只胳膊搂着她。

"真有意思，我不再害怕了。"玛丽低语道，"为什么会这样？"

比伊耸了耸肩："可能是，他刚才给你的那个吝啬的吻起了作用。我们动身吧，亲爱的？这样，到那里时间正好。"

比伊陪伴着她，搂着她的腰，走了出去，为了她的名誉、财富，可能还有幸福。

无论如何，为她的名誉和财富，要跨出这一步。

2

现在，第一个夜晚结束了，演出结束了。她独自一人，坐在镜子边，等待着。她穿着一件格纹外套，外套就像揭幕前盖在雕塑上的帆布一样，松松垮垮。头上的贝雷帽耷拉到她的耳朵下面。

外面是来来去去的嘈杂声，已没有了音乐声。

她就一直这样静静地坐在那里，没人记得她的存在。

比伊突然急匆匆地走了进来，来拿她落下的东西，抬头看见了玛丽，才想起她。

"你还……？"她退回到门口，像列车员调度员似的询问道，"谁带这个孩子回家？"

头戴贝雷帽的人仍然低着头："不要紧的，我会——"

琼斯的声音突然从走廊尽头、看不见的地方传过来："没关系，比伊，我来送她回家。"

比伊转述道："你打引号的丈夫将送你回家，亲爱的。"

"这外衣穿在我身上像个帐篷，为什么这么肥？"

她难过地转向镜子。

"为什么我非得买贝雷帽？纽约的其他女孩戴着都好看，我戴着却像个蝌蚪。"

"我觉得还是好看的，亲爱的。反正，你是要回家睡觉的，对不对？麦克斯说，他想让你尽量休息，这就是为什么，他不让你和我们一起参加聚会。"

"是的。但是，如果聚会是为了庆祝我的成功，为什么我不能参加呢？他不是我的父亲，他也不是我的兄弟，他更不是我的医生。"

"他是你的老板，亲爱的。"比伊温和地提醒她，"你肯定不想去那里的。我知道那些聚会，千篇一律。他们只是拿着鸡尾酒，站在一起讲黄色笑话。"

"他会吗？"玛丽专注地问道。

"他会的。"比伊答道。

"哎，为什么我不能听呢？我也知道笑点的。"

"好吧，提醒我，什么时候我也讲个黄色笑话给你听。"

"我不想你讲给我听。"

"那你想听谁讲？"比伊不经意地想知道。

没有应答。

"我必须走了，亲爱的。布兰德在等我。你好好休息。"

接着，琼斯进来了："噢，你在这儿呢。都准备好了吗？"

他向她弯起胳臂，她就像藤壶一样紧紧吊着他。

他环顾四周："东西都拿好了吗？"

她紧紧地挽住他，好像要把他的胳膊拗断。"都拿好了。"她羞涩地低语道，跟着琼斯走到门口。

琼斯随手把化妆间的灯关了。

"我好吗？"她问道，快步沿着走廊走去。

"你的意思是你还不知道？"

"嗯……太安静了。"

"那就是答案，那就是你的掌声。其他人得到的，可能是拍手的声音，你得到了观众能给予的最高敬意：鸦雀无声。整整静寂了十五分钟。"

她似乎并没有百分之百满意。"我的意思是，你喜欢我吗？"她坚持道。

"喜欢？"他说，"那是什么词？我不知道你从哪里来，也不知道你要到哪里去？我不知道我是如何得到你的。我只知道——"

"什么？"她乞求道，"什么？"

他带着古怪的微笑，轻轻地耸了耸肩："你是我的魔法，你是我的魔力，多美的夜晚，玛丽。"

不能比那些再多一点吗？玛丽心里感到有点悲哀。此时，他们已经到了后台的门口，看门人出现在他们跟前，美好的对话被迫结束。

两人匆忙地从旁边的小巷子走到街上。

"聚会是什么样的？"她很明显地暗示道，"现在才两点，是吧？"

无论如何,她都没有机会知道答案。有一个女孩独自站在远处,离他们出来的地方很远，在俱乐部的正门前。她全身华丽，身着昂贵的束腰长袍，拖曳到地上，脚尖正蹭着地面打发时间。

这种女孩，看似不会在俱乐部门口或者其他地方站很久的。如果她必须站着，那会是在等谁呢？女孩转过身来，看见他们走到路边。女孩似乎认出他来了。一个柔和的女低音向他们询问，更像是命令："是你吗，麦克斯？办好了？"

他讨好地向她挥了挥手："就来了，亲爱的。"

他把玛丽塞进出租车，递给司机一张钞票。

"送这位年轻的女士去皇家山，你要确保她安全到达，好好照顾她，她很特殊的。"

他帮她把车门关上，而后脱帽致意。

车子离去，他留在原处。

几分钟后，出租车司机忧心忡忡地弯下身去，查看脚踏板和离合器附近的什么东西。

"你的发动机没有问题，司机。"玛丽眼泪汪汪地在他身后说道，"是我在跺脚。"

3

第三场演出的时候，比尔·斯玛特带着一大堆宣传材料进来，把它们都扔在梳妆台上，兴致勃勃地询问道："你们的首领呢？"

"我们不是印第安部落。"比伊正在检查一双尼龙长袜，抬起头，冷冷地说道,"如果你指的是开往海岸的那列火车,你要去芝加哥找它,那么往那边走两个街区,再往右走三个街区。"

"好吧,不开玩笑了。你为之工作的那个人哪去了?那双袜子适合你吗?"

"看看,你把这堆废纸放哪儿了?那孩子还要化妆呢,她待会儿会把剪报误当作睫毛膏,粘在睫毛上的。"

她没能够减了他的兴致。"看看这儿。它会出现在所有的报纸上的,明天的版本。"

她扫了一眼他递给她看的广告版面,玛丽也越过她的肩膀在看。

"会在这儿发生吗?"黑色大写字母作为题目,下面是小写字母,"她舞蹈的每个地方……"

他又要添加一条:"再加上这一条。"

比伊大声地念道:"你的人寿保险全部付清了吗?如果没有,今晚请不要去佩罗克俱乐部……"

"哦,我想起来了。"他转向玛丽,"我已经为你约了一位摄影师,明天下午。我想给你拍一些新的剧照,我希望你像这样倒下……"

他趴在地板上,面对着两个吓坏了的女孩。他把两条胳膊肘支在一起,双手呈莲花状托起他的脸蛋。然后,他睁大眼睛盯着远处一条卷成一团的旧毛巾,那是别人扔在踢脚板旁边的。

"你这个变态,"一个乐手嘲笑道,他一直站在门口看,"你趴在那儿做什么？"

斯玛特没理他："在你的面前，会有一条眼镜蛇。你知道的，像她们那样，坐在它的尾巴上。你深情地凝视着它的眼睛，它也凝视着你。"

这时，玛丽发出一声惊叫，紧紧地抓住比伊，想要得到保护。

"不是真的蛇。"斯玛特不耐烦地说，"我在这里找到一个能做各种各样东西的人。他正帮我在做，用橡胶、混凝纸还有其他什么的。我们会用一根看不见的电线把它固定住——"

"然后你凝视它的眼睛！"强势的比伊脱口而出，"朝它的眼睛里吐唾沫吧，这才是我感兴趣的。就我而言，它也应该朝你的眼睛里吐唾沫！你想把她变成什么，科尼岛的一个杂耍节目吗？她跳的这个舞，你看过几次？这是个寓言，里面没有蛇，连蛇的复制品都没有。她用她的形体动作，给别人一种'那儿有条蛇'的幻想。"

"我从来没见过那些东西，即使在那里，"玛丽坚定地申明道，"我在那生活的全部时间。我有生以来第一次见到蛇，还是几个礼拜前，布兰德的父母带我去纽约的布朗克斯动物园见到的，他们以为我喜欢它们！我一见它们，比谁都跑得快，他父母差点都追不上我。我比你们美国人更加讨厌它们。"

"没关系的，亲爱的。"比伊拍拍她，安慰道，"你不用对任何蛇眉来眼去的，也不用对着地板和其他任何地方。"

"噢，看样子我的创意不适合你。"斯玛特愤愤地说。

他得到的回答，非常坦率。"我很饿了，"比伊宣布道，"谁把那顶布兰德的旧帽子递给我，然后让开。"

琼斯一直站在那里看宣传材料。"这些东西太好了，"他赞同道，"你干得太好了，比尔。"他走了过来，讨好地拍了拍比尔的背，"但是——我们要忘记那些有蛇的剧照，嗯？"

"对的，"斯玛特说，"对的，没有蛇，没有蛇。你的乐队很好，麦克斯。"他又大声地补充道，好像琼斯离他很远似的，"但是有件事，你的乐队里金发女郎太多了。"

"把黑鞋油递给我。"比伊故作正经地小声说道。

"好吧，我得走了。"斯玛特停住了笑声，说道，"这只是基础工作。我还没开始，你们就已经像直达电梯升上去了。当我点燃我的小引信时，你们会像火箭一样飞起来。"他使劲搓着双手，"今天是星期三，对吧？先任由它三个晚上，主要看星期六的，周六的夜晚比较重要，就看星期六的。"

"他什么意思？"有人不清楚。

"难道你不知道吗？"比伊会意地说道，"让你猜三次。"

4

第二天晚上，玛丽完成演出后，她和比伊坐在那里，门开着。这时，一股香水味缓缓地流了进来，吞没了她们，是自动售卖机的那种廉价香水，十美分一喷，只是机器放置太久，没有换油。比伊弯下腰来，怀疑地嗅了嗅。"女人身上烤法国薄饼的味道。"她开始发表评论，然后转身去看，玛丽也转过身去看。

一位美丽丰满的女士，穿着过时的华丽礼服，在路过门口时，稍停了一会儿，朝里看了看她俩。见两人已经注意到她了，就懒洋洋地继续往前走，嘴里说道："不要紧张，女士们，只是路过。"

"你看见了吗？"比伊问道，"她是假装这个样子，还是总是那样走来走去的？等一下，这里没有表演的。她一定是那种合法的站街女郎，那种夜晚靠在灯柱上的女人。"

玛丽窃笑道："我知道你的意思。"

"你拿手提包的时候，会让它荡到脚踝处吗？还有那薄纱长衫，没人愿意看。"

"哦，还有那香水味！"玛丽抱怨道，兴奋地扇了扇脸，"是什么香水？"

"烟灰缸里的百合花混合着烧焦的羽毛，再加一点打火机油。"比伊挥着一条毛巾走向门口，"让我看看，是否能发现些什么。"

什么东西引起了她的注意，她停了下来，从门缝里往外看。

"她正站在走廊的尽头，就在乐池后面，正自由自在地看着舞池里的舞者呢。"她报告道。

就在这时，音乐停了。

"小伙子们要回来了。"她说道，回到了玛丽那儿，"在玻璃上记下数。"她教玛丽,"在走廊的尽头,他们都要经过她,然后,他们再经过我们。到这里的时候,看看有没有人失踪。"

小号从旁边经过。

打击乐器从旁边经过。

钢琴从旁边经过,不是指真的钢琴,这地方根本容不下这么大的乐器,是指弹奏者——菲格斯。

所有的人都像烟囱一样喷着烟。

每个人都被记录在镜子上。

单簧管从旁边经过。

电吉他从旁边经过。

最后是琼斯从旁边经过,他手里稳稳地拿着满满一杯可口可乐(这很让人怀疑)。

他转身朝里望了望,并没有停。"你们好,女士们。"他招呼道,手里举着的纸杯,一滴可乐也没晃出来,一点有罪证据也没有泄露。

比伊的尖指甲开始在梳妆台边上敲起来。"你数了几个?"她问道,像是在检查计算器的精确度。

"六个。"玛丽说。

"我也是。有人绕道了。不要介意告诉我是谁,我早想到了。"

她大步走到门口,顺着过道往外看。她抱起双臂,肯定地点点头,表示对玛丽的赞同。

"一定的,"她说,"一定的,那些男孩每人手里都拿着烟。你看他们。但是，谁半路停下来了，被请求借个火？是谁非得站在那里，用它来跳印第安的火之舞？每一次都这样！"她用力拍打自己的大腿。

玛丽善意地微微笑了笑："是很难拒绝的，特别是女人。"

比伊又缓缓地回到门口，想再多看几眼："我真希望你能看见。两人站在那里，他的香烟推着她的，两人弯着腰，好像在玩'伦敦桥要倒了'。他就不能给她一根火柴，还非得亲自给她点火！"

她压着怒火，看着他们暧昧的场景。

"我从没见过，一支香烟要点这么久。"她继续道，"他一定是在欣赏她的气息。"

"也许是他们中的一支烟湿掉了。"玛丽很有经验似的说道。

"一支香烟，"比伊沉着脸说，"都湿了吧。我不是指香烟。"

"他怎么能如此靠近，那么难闻的香水？"玛丽很好奇。

"哦，他们知道什么？"比伊抨击道，"或许他还觉得好闻。"

她又侦察了一会儿。"他还非得向她靠过去，像比萨斜塔一样。"她怨愤地说道，"屁股还要优雅地翘起来。"

她大步走回桌边，这次，做出了爆炸性的决定："这太好了，不容错过，他的转身方式和站姿！"

她拿起玛丽的长柄梳子，转眼就去了走廊，边走边掂量着梳子。

几分钟过去了，走廊仍是一片寂静。然后，突然传来一阵撞击声，一个女性惊恐的尖叫声，接着，一个身影匆匆地从门口掠过，华丽的服饰在匆忙中闪闪发光。

比伊悠闲地踱着步,回来了,脸上带着满意而又坚定的微笑。她把梳子扔回原处,梳子的中间已经折断。"梳子断掉了。"她报告道,"你真该看看那火花四溅的情景,在他们中间,像喷灯的尾火。我看见一支香烟在空中飞扬,他的那支,我想他一定吞了下去。"

布兰德跟了进来,步伐更加缓慢,显得非常狼狈,满脸通红,沮丧地掸了掸身上的烟灰。

"干什么呢?"他抱怨道,"偷偷摸摸地在我身后,把我弄得半死!我的衣领里全是火星,快被烧焦了。"他紧紧地抓住衣领,轻轻地往外抖了抖。

比伊冲着他谴责道:"我跟你说过多少次了,和我在一起的时候,离那些站街女远点!"她咆哮着。

"她找不到出去的路,就问我巷子在哪里,就这样。"他申辩道。

比伊发出刺耳的嘲笑:"她根本不需要问别人怎么去小巷,她整天都在那儿待着。我敢发誓,她能带你去其他人都不知道的小巷。"

"我从来没见过像你这样的人。"他温吞吞地抱怨着,一个指尖沾了一点冷霜在脖子上这儿那儿地抹着,"她向我借个火,我没有理由回绝她。"

"你可以给她一根火柴,没有必要那样给她借火。"

"求你了,这个孩子刚从异国的庙里出来。"他亲切地提醒她。

"那香烟。"比伊转向玛丽,摊开双手,气愤地用深沉的低音解释道,"我不反对竞争,我反对的是这样的竞争。其他的女人得担心聪明的小把戏出现,担心那些娃娃脸,穿着价值一百万美元衣服的人。你知道,那些上层社会的竞争。我会担心吗?我不会。我正与工会交锋呢。只要某个邋遢的路边炮弹从他身边经过,她的胳膊上再挂着一盏矿灯,他就会扭着脖子,过了好几个街区,还回望她。问题是,我就在他身边。他试图伪装成,他正在找出租车,或者想弄清楚我们走了多远,我们走到了哪儿。有一次,他差点欲火焚身,我还特地带他去消防龙头那儿。"

"不是的,你不明白。"布兰德试图说服她,"我本人对她们并不感兴趣,只是,只是,从科学角度,嗯,就科学而言,我从来不能像有些人那样,第一眼就能分辨出她们来。我永远无法马上分辨出,她们是或不是。所以,有的时候,我像那样四顾环望,我所做的就是想知道,她们是还是不是。"

"如果你东张西望地看她们,兄弟,她们就是好吧!"她用肯定的语气让他知道。

他摇了摇头,好似完全被人误解了,走了出去,随手关上门。

比伊先等了一会儿,以确定他听不见,然后她压低声音说:"我不会真的生他的气,或者一直难过之类的。这就像彼此间的游戏,我想,这就是我们彼此示爱的方式吧。你看……我疯狂地爱他,这和所谓的热恋期是一样的。"

5

在圣安托尼街的众多小酒店里，比尔·斯玛特整晚都在里面玩跳房子游戏，一个属于他自己的版本。他用一杯混合麦芽黑啤酒做标记，俗称"霍夫恩霍夫"（酒吧的老板大多数是英国佬）。他用酒杯的底部，去碰每一个空位置，再用他的下唇去碰杯子的边缘，一次一个位置，这就是他游戏的全部，步骤等级没有丝毫减略。他不像小孩子那样单脚跳，地板上没有用粉笔画的格子来指引他，但如果有一种游戏叫跳房子，那么，斯玛特玩的就是跳房子游戏。

他会从每个酒吧的最北端开始（到十一点为止，他已经进了三间酒吧了），然后，他会从那里"跳"到每一个空的地方，"跳过"中间的竞争者，虽然这些人并不知道自己参与了游戏。他没有越过他们的头顶，而是绕到他们背后，进入另一边的酒吧空地。如果没有空地，他会制造一个，以让人放下戒备的笑容和喃喃的道歉，毫无麻烦地侵入空地。他只在单人的酒保旁停一下，如果有两个以上的酒保在一起，他就不停。所以，对话很简短，有时就一句，他又继续向前了。

当他前行时，人们纷纷回头看他，用手象征性地敲敲他的脑袋，但由于他实际上并没有扰乱治安或冒犯人，所以没有人采取任何行动来制止他。

此外，"伙计"这个词，立刻暴露了他是美国人，美国人有点古怪，这是全世界都知道的事。他们来酒吧，可能就只是为了玩单人跳房子游戏。

对话的方式也永远不会有变化,第一句话是:"你在忙吗?伙计?"

如果酒保的回答是肯定的话,就没有下文了,直接跳到下一格。

如果回答是否定的话,第二句话是:"想一起玩吗?"

有时,他会被抢白,就永远没有机会说下一句。例如:

"不,我没有时间。"

"你到底要问什么?伙计?"

"你以为我脑袋笨还是怎么的?准备要我拿失业抚恤金?"

到了午夜,他对加拿大的经济形势和战后的变化感到沮丧。所有好人似乎都有工作,而所有坏人似乎都没有工作。到子夜一点,他对麦芽啤酒和烈性黑啤酒产生了终身的厌恶,不管是分开喝还是合在一起喝;还有白金汉牌香烟;印有伊丽莎白二世肖像的五毛钱硬币;自己的母语,就像是从两眼之间的某个地方说出来的,这些统统让人厌恶。到子夜两点,夜生活结束了。他步行回他的房间。世界上仍然还有许多其他的街道,还有许多其他的客栈,但是,没有很多这样的夜晚了。

有人碰了碰他的胳膊,一个人影移步到他身边,是从他刚刚走过的某个阴暗门洞里出来的。

"一杯咖啡的钱,州长?"

他突然停了下来,转过身来,费力地凝视着,看似非常凶狠,实则是为了看透那片朦胧。

乞讨者误会了这锋利的眼神，举起双手摇了摇，试图撤退："如果你要这么生气，州长，就当我没问过你。"

"拿着。"斯玛特从口袋里掏出印有伊丽莎白二世的硬币，抛向混沌的夜空，又用双掌接住，硬币就是不会落地。

"让我在亮点的地方看看你。"斯玛特命令道，"过来这里，现在转身，从我这里走过去，转身，回来。"

"我该怎么做？为一杯咖啡做操练吗？我只是想喝咖啡，并不想保卫它。"

"把那玩意脱了，你头上的东西。"

"我已经谢过你了，州长。我该怎么做，脱下帽子，低头向你鞠躬吗？"

"你看上去气色不错，有点苍白。"

"我看上去苍白，那有什么好的？"

斯玛特没有回答，又问："你多大了？不介意我问吧？"

"你能感兴趣真是太好了，州长。"嘲讽的口吻，"六十五岁。"

"哦，得了吧，你想吃救济啊，诚实点。"

"五十五？"

"我不希望别人太老。"

"哦，好吧，为什么你不早说？四十七，为了我的兄弟，我不能再小了。"

"想工作吗?"

"如果是搬重物的活,就不想。"

"就只是拿一个香槟酒瓶,那会太重吗?"

"你的意思是打包酒瓶?我对细刨花过敏,如果弄进鼻子的话。"

"不是的,只是一瓶,就一瓶,半个小时左右。一上一下,一上一下。"

"里面有东西吗?"

"香槟酒呀。"

"我这么做也能赚钱?"

"比那还多一点。哦,没什么好怕的。你演过戏吗?"

"我这辈子什么事都做过一点。我跑过几次龙套,为旅游公司。"

"在某种程度上,这也像个跑龙套。你走上去,然后你会被人抬下来。哎,现在有点晚了。其他的,我明天再告诉你。找到我的酒店,明早十点,福特酒店。不要像这个样子进酒店大堂,我会在酒店外面等你,就在拐角处。十点整。"

"好的,州长。"

"再有,别一直叫我州长,没有一个州是属于我的,我名下没有州。做那个是有钱的,如果你不去,你就是个傻瓜。"

"哦,我会到去的,州——我的意思是,你要相信我。"

"我相信你不会去的,但是,我知道有个确保你去的方法。"

他打开皮夹,清点了里面的票据,最后取出一张十元加币,用双手拉了拉:"看到了吗?"

"看到了吗?难道你没听见我流口水的声音吗?"

"你也有幽默感,我喜欢那样。不,放下你的手。好吧,如果你一定要擦的话,擦擦你的嘴。好吧,如果你出现了,你就会因为站在那拐角处而得到十加元。"

"想想我已经免费做过很多次了。"收受者伤心地低语道。

6

在明媚的晨光中,那个站在角落里等斯玛特的人,看起来气色不太好,前一天晚上的夜色帮了他,现在他只需要在脚边放几捆玉米,就能把乌鸦吓一跳。事实上,斯玛特绕着他转了三圈才下定决心。

"你将会赚到一百元,明白吗?"

"不明白,能弄明白就太好了。我能拿多少个月,不用管是什么?"

"这不是违法的,据我所知,没有任何条例或限制。他们甚至不能够把你关进去。"

"首先,"斯玛特继续说道,"我们要做一些必要的外部包装工作,只要能让你进入大堂,而不被拒之门外就可以了。"

斯玛特领着他,沿街走到一家理发店,和他一起走了进去,递给主管理发师一张钞票："给他刮刮胡子，剪个发——最重要的是，洗个头。我在外面等。"

"你太直白了。"顾客说道，自己坐进了一张椅子。

然后，斯玛特带他去洗土耳其浴。"现在进去，没什么特别的，只是一根硬水管和一个板刷。"他递给他一个褐色纸袋，"洗完，把这些穿上，我不知道你的尺寸，不过没太大关系。"

"五加元对我来说是一种侮辱。"那人顺从地说道，"一百加元就不会了。"

"现在,我觉得可以了。"当他洗完出来的时候，斯玛特说道,"到楼上的房间来，我要在那里给你排练一下。"

两人进了房间，那人随手关上了门。

"把外衣脱了，我希望你有足够的空间。在我们开始以前，你最好告诉我，你的心脏没毛病吧？"

"像哨子一样响。"那人吹嘘道，用手捶了捶胸，"户外生活的结果，你明白的。"

斯玛特搬来一把直背椅子。

"来吧。"

他取下台灯，把小桌子放在那人的前面。

"现在，你正坐在夜总会的桌子旁。"

他把一个水杯放在他面前。

"这是香槟酒。"

那人瞥了一眼空空的水杯,然后抬起头来:"你怎么可以这样对我?"

斯玛特双手放膝,身体前倾:"来吧,让我看看你是怎么从椅子上倒下来的。"

那人突然转向一边,一条腿抬了起来,一只胳膊垂了下去。

"我没说要躲闪飞来的汽水瓶。重新再来。"

那人又试了一遍。

"把腿放下来,你演得像是个反向的人体指针。听着,是倒下来,死掉了,好吗?"

"你自己去死。"那人委屈地说道。

"不,不,我不是诅咒你,我是想让你替我演一个角色。液体,明白吗?液体驱动,有点像从椅子上溢出来,有点像涟漪,想象一个瀑布,像瀑布一样——哗啦!哗啦!哗啦!"

"怎么才能那样?"那人从桌子下面抬头看着他,问道。

"不要扭动臀部,最重要的是,你摇晃着的身体要掉下来。你不是钻到瓶颈里的开瓶器。"

"请,"被教导者恳求道,"再说明一下。"

"让我们再来一遍。"无情的斯玛特说道,"稍微打扮一下。你没料到会发生这样的事,你知道——"

"我现在料到了。"那人为自己的表演独自伤神。

"放松,拿一支香烟轻敲桌面,故作冷漠。开始!好极了!就这样!"

那人默默地抬起头来,身体贴在地板上,手臂挡着胸前。

"嗯,不是太好,但也不是太坏。反正在这段时间没人会看你,重要的是后面的部分。"

"后面我该怎么做?"

"从现在开始你不要动,几十双眼睛在看你,如果你稍微动一下,就前功尽弃了。不管发生什么事,都不要动。你可能会感到你的衬衫被解开了。甚至可能你的眼皮会被翻起来,然后又落下。那是医生,至少他们会认为他是医生,他会带着一个医疗箱来。然后,你会被抬走,放进救护车里。那只是一个租用的救护车,一个私人救护车,它会载着你兜一会儿。一到拐角处,你就可以爬起来下车,安安静静地享受你的一百加元。现在,坐回椅子上去,我们再好好演一遍。"

斯玛特像乐队指挥一样,开始用一只手来打节奏。

"倒地死去,你去了,起来没事了,回椅子上去。"

"倒地死去,你去了,起来没事了,回椅子上去。"

那人伸出舌头,给自己扇了扇风。"求你了,州长,"他气喘道,"给我一分钟喘口气,好吗?我这辈子,从来没有死得这么频繁过。"

7

他们在舞池的最旁边,给他安排了一张单人桌。他穿着燕尾服,系着白领带,他甚至还戴了一副单片眼镜,看上去像战前的贵族。他的举止就像俄国的大公们,定期在圣彼得堡和巴黎之间往返。

再一次注意到他时,他面前还有香槟酒。不要说是他们安排的,但是如果他们安排了,就是这样子的。他并没有很明显地在喝着香槟(他做任何事都不会引人注意的),但他的侍者一直待在他身边。

那个卖烟的姑娘,拿起他给的小费,从他身边走开,摸着自己的衣服领口,脸上荡漾着天使般的笑容。

他拿出他的单片眼镜,擦了擦,又架了回去。

一切准备就绪。突然,玛丽不知从什么地方,扑进了一个金绿色的光圈里,一动不动,仿佛正从地板里吸取什么。这时,一阵低沉的鼓声才渐渐进入了大家的意识。就在此刻,灯灭了。

他从人们的脑海中消失了,取而代之的是玛丽,每个人的脑海里都只有玛丽,沐浴在金绿色中,扭动着,摇摆着。

他极有艺术感地从椅子上摔了下来,是慢慢地滑下椅子,幅度不大,没有碰撞,就像比尔·斯玛特一直说的那样。他稍微拉了一下台布,然后又松开,这样香槟酒也不会打翻,只是在高脚杯里晃了一下。

随后,他躺在地板上,可以说是,四仰八叉地躺着。他很放松,就好像——就好像,他累了,喜欢躺在那儿,决定就这样待着,既然他已经躺那儿了。然后,他就一直躺着,脸朝上。

令人难以置信的是,他的单片眼镜还在眼睛上,一道光亮从镜片上发射出来,使得一只眼睛看上去像是瞎的。

动静很小,如果真有这样的死亡,那也是一种有教养的死亡。事实上,一点噪声都没有,只是轻轻地倒下。

只有那些在他周围的人,才意识到发生了什么,其他人有好一会儿都不知道发生了什么事。领班急忙走上前,俯身审视,另一名侍者也一同帮忙。

两人把他抬起,搬到后面看不见的地方。此刻,玛丽正俯卧在地板上,鼓声最后停了下来。

他们把他抬进经理办公室,放倒在一张长椅上。直到此刻,经理才把单片眼镜从他的眼睛上脱下来,奇怪的是,他看到那些很深的皮肤皱纹慢慢地松弛下来。"快叫医生来!"经理低声粗暴地下令道,他讨厌这种事发生在他的办公室里。

一个医生——是一个自称是医生的人被迅速领了进来,他的动作之快,就好像他一直在门口等候一样。

他直奔病人处,弯下身子,就如斯玛特预告的,翻了翻他的眼皮,他把衬衫前襟微微打开,检查了一下,然后恢复原样,就结束了。接着,他们知道他会起身,然后离开。医生边走边摇头,没有停留,他迫切要回到外面,他的伙伴那里,那儿比这儿愉快。

"我无能为力。"他走到门口,转身说道,"什么都不用做,他完全死了。我有一只纽堡龙虾在那里,这种东西放久了会不新鲜。

最好通知警察。"

他打开门走了出去。

在侧厅,琼斯正帮玛丽站立起来,并在她前额,例行公事地亲了一下,非常公式化的。

"哦,真是个奇迹!"他很虔诚地吸了口气,"像做梦一样!听听这寂静!听听他们的叹气,然后是他们的慢慢清醒。"

她挽起他的胳膊,两人朝化妆间走去。

"你看到刚才发生的事了吗?"她低语道。

"这是比尔·斯玛特的一个鬼点子。你要问我,我觉得太糟糕了,它发生得太安静了。"

"他现在在哪里?"他们一到化妆间,琼斯就问比伊,"我以为我们得向他表示感谢。"

"可能是去给尸体付封口费了。"比伊冷冷地说道,"我想知道他付给他多少工钱,据我所知,他们没有统一的标准。我一直在侧幕看着,我要告诉你一件事,那家伙表演得有点过头了。"

"我认为他是真的好。"同其他人一起进来的布兰德说道,"你还指望他能找到谁,伦特吗?"

"他演得好的。"有人附和道,"他真有天赋。"

"是的,你的眼睛都发光了。"比伊争辩道,"他一刻也没有骗过我。"

这时,所有的人都转过头去,原来斯玛特站在门口,手里翻动着一叠纸币。大家都走过去围着他,每个人都想立刻发表意见。

"惊人的表演,比尔!你做得很好。"

"真自然,就像真的一样。"

"你花了多少钱让那个家伙干这事?"好管闲事的比伊问道。

"十加元。"他说道,嘴巴很紧,"只是让他闭嘴。喂,你。"他回头喊道。一个穿着燕尾服、系着白领带的人出现在化妆室门口。他把一张钞票塞给他,其余的都收了起来:"拿着这个离开这里,不要让我再看见你,衣服你可以留着。"

"十加元!"比伊大叫道,表示怀疑。

比尔·斯玛特哽咽了一下,对着尸体表演者那失望的脸,把门关上了。"你们看见了,刚才那个倒地死了的家伙,就在那儿,就在刚才,"他气喘地解释道,"不是我安置在那儿的家伙,不是那个你们看见我付给他钱的人,是另外一个人。有人真的倒下死了。"

米兰：埃克塞尔西奥俱乐部

1

巴黎快车在下午四点的时候把他们送了过来。

她坐在自己的火车包厢里，望着窗外一排掠过的白杨树，感觉自己好像是在一条传送带上，从城里被传送过来。此刻，有人要进车厢，她的视线离开了窗外。

他在敲门，她知道是他在敲，不是服务生。她已经熟悉了关于他的所有那些事：他的脚步声、口哨声、敲门声。太熟悉了，她的心是如此频繁地在感应它们。她知道关于他的一切，除了他如何亲吻，他的手臂如何紧紧地搂着你的背，他的耳语如何在你耳边响起。因为,这些事,她还没有操练过。

她立刻打开门。

他已经做好下车的一切准备。

她的心微微颤抖了一下,就像每次见到他时那样。

他看起来很美国化。不管他们去哪儿,不管他们在哪儿,他看上去总是那么美国化:整洁,无忧无虑,和——友好。(但是对全世界都友好,这对你有什么好处呢?)就像剃须膏广告,或是香烟广告中的年轻人,如此美国化,如此年轻,如此充满活力,如此永不倦怠。

走廊上的一股气流,把他塞在外套里的围巾吹到了他的肩上。围巾上的圆点花纹就像旋转磁盘,弥漫在空气中。

"都准备好了吗?"

"我准备好了。"

"要帮什么忙吗?"他主动提出。

"服务生马上就会来的。"

"米兰诺。"他说,他已经学会了意大利人的发音。

她看得出,他状态很好。每当他们要开始新的旅程时,他都会如此愉悦。

"米兰,准备好了,你将会听到一些,你从未听到过的音乐。"他向她眨了眨眼,伸出臂弯,让她挽着他的胳膊。

她挽起他的胳膊,但她还想要更多。她几乎能听见自己的心在说:"我只能得到这些吗?"

她就这样挽着他的胳膊,沿着车厢走廊走到门口。

火车停了,他们下了火车,所有的人都站在火车旁。站台上是一缕缕的蒸汽,夹杂着不间断的噪声,一辆辆手推车从身边滚过,头顶上是一个巨大的拱形玻璃屋顶,若隐若现。

一个身穿司机制服的人,扶着帽檐,侧身向前:"乔纳斯先生吗?埃克塞尔西奥俱乐部的塞图奇先生向您致意。"然后,司机把他们领到外面,两辆豪华轿车已在那里等候。

他们被送往一家名为萨维亚普林西比的酒店。在路上,他为她点了支烟,在她的手背上拍了两下,而他的眼睛却在看别处。

两人上电梯时,她苦涩地安慰自己道:"哎,我至少可以和他住在同一家酒店。"

两人一同出了电梯,被带到不同的房间。"哎,至少,我和他是在一个楼层。"

她关了上门。

"在一起真好。"她伤心地想着,"从火车站一直到酒店。"她看了看被他轻拍过的手背,"你还能指望什么?今天你已经得到赏赐了。"

她走到窗前,看见远处巨大的大教堂尖塔;近处,小巧的菲亚特和托波里尼车穿梭在大街小巷,偶尔会有高贵的阿尔法罗密欧车出现。

米兰。她耸了耸肩离开窗前。

不论是哪儿都一样，总是一样的孤独。

2

他敲了敲她的门。

"我们都要去埃克塞尔西奥俱乐部见塞图奇先生，想和我们一起去吗？"

"不了，我就待在这儿。你替我向他致意。他不会不高兴的，是吧？"

"不会的。可能这样更好，他希望你孤傲些。我会帮你打理好化妆间和其他一切的。等我回来，我带你去吃晚饭。"他承诺道。

他再一次敲门，只是这次迟了四十分钟。但是，这里是意大利，节奏更慢些，她猜想。这是第五次，她打开房门，前四次根本没人敲门。

他穿着晚礼服；她穿着上周刚从迪奥买的黑色蕾丝裙。他拿着送给她的玫瑰花和栀子花，对她笑了笑。

当她接过花时，脸上似洒满了阳光，心花怒放，并没料到是她误会了。

"哦，麦克斯……"她感激地吸了口气。

"这是你的新老板，拉斐尔·塞图奇对你的问候。"

"哦……是这样。"她郁闷地叹了一口气,脸上的表情似夕阳落日般低沉。

"他要亲吻你的手。"

他亲了亲她的手。难道你就不能有所表示吗?她思忖着。

"你该和我们一起去的。我们在他的私人办公室喝了香槟。你应该去看看那里的摆设,像国王一样的生活,地板上铺着厚厚的地毯,金色的家具,水晶吊灯。这里的经营者必须先攒够钱布置这些东西,他们是如何做到的呢?"

她耸了耸肩,她才不在乎呢。

他伸出胳膊让她挽住:"我们现在下去吃饭怎么样?"他没有说,你现在看上去很漂亮。他没有说……

这一次,她没去挽他的胳膊,任由它在那里摆着:"你这样邀请我,我就不去了。"

他咧开嘴笑了。

他恭恭敬敬地向她鞠了一躬,手放胸前:"Signorina(意大利语:小姐)?"

"楼下的门卫都会这样做。"

"我要做什么,为一顿饭排练吗?"

"很简单。"她说道,"如果你一开始就这样,现在已经于事无补,不过为了下一次,我会教你怎么做的。"她拉起他的手,把它轻轻绕在她的腰上,"从腰部这里稍稍往前带,稍微一点点。你再牵着我的手，也稍稍往前带。引诱。但是：你只表露一点点；你希望我也表露一点点。如果我不来的话，你的夜晚会黯然失色；如果我不在那的话，你的餐桌将会没有光芒……"

他屏住呼吸，好像真在练习什么："现在，我该怎么做？"

"你表露一点点。"她轻声低喃地提醒他。

突然，他吻住了她。她心中又升起了一丝错误的希望。

"这是为了好运。"他说。

你一定要坏了气氛吗？她对自己默语道。

两人下去吃晚餐。

好吧，他得吃饭，她也得吃饭，两人又住在同一家酒店，如果餐桌上有足够的光芒，那也是米兰电力公司提供的。

总是一样的孤独。

一个侍从站在他旁边，等着引起他的注意。

"电话，先生。"

"确定是打给我的吗？"不过，他看起来不那么惊讶，她想。

"是的，先生。是马萨维尔·琼尼斯先生，对不对？"

"大概是我的名字。"他赞同道，"请原谅。"他起身,留她在那儿。

她抿了一口香槟酒，酒已淡而无味；她吸了一口烟，烟已走味不新鲜。她知道，如果她咬一口这些裹着糖衣的杏仁，味道会苦得要命，所以，她没有去尝。

当他回来的时候,他的脸,看起来比他离开的时候更红了。(也许是电话亭太暖和了。)

我不会问他的,她向自己承诺,我不会问他的。

"塞图奇想要什么?"她终于还是问了。

"什么时候?"他说,然后马上掩盖掉,"哦——只是想确认一下,我们是否住得舒适,一切是否安好。"

所以,电话并不是塞图奇打来的,他在米兰已经见了什么人。这就可以解释那迟到的四十分钟了,一定是在那个私人办公室里举行了一场聚会,有几位精挑细选的专业人士到场,欢迎他和他的乐队成员。

他从桌边起身,故意装出一副漫不经心的样子问道:"你今晚要做什么?"

"什么也不做。"这并不意味着她拒绝做任何事,她的意思是,她愿意做任何他想做的事。

他曲解了她的真正意思:"好主意,我也什么都不想做。第一个晚上,我要轻松一下。我想我要睡觉了。"

"你的意思是,马上?现在才十点。"

他没有接口,却已经拉她进电梯里了,因为电梯只有一个方向,上行,那就是他们要去的地方。

他把她送到门口。

"好了,晚安,明天午饭见。"

欧洲的酒店早餐是在房间里单独享用的,他们已经习惯了。

她没说晚安就把门关上了,他也没有等着想听她说。

她听到他关门,走向大厅的声音。

两扇门真是有点浪费了,她可以看穿他房里的一切:准备好钱包,她心里告诉他,确保它足够的鼓;再把你的烟盒装满;走到镜子前,用梳子再梳几下头发;现在,整理一下领带。是的,你会做的,你会做的。如果没有这些,你还会像以前那样待我的。但是,有了新事物,特别的东西,一切就不同了。希望你从她那里感染亚洲流感!希望你被自己的鞋带绊倒,摔个狗吃屎,免得我亲自揍你!希望……(她的前额慢慢地垂到门框上),亲爱的,我希望你从开始到结束都可以拥有美好,希望你不要有我此刻的感觉。

她听到他从她门口走过,嘴里吹着口哨,是他美好夜晚的开场曲,一首流行于二十年代的老曲子:《今晚是我和宝贝一起的夜晚》。

她走到窗口,俯瞰酒店的正门口。

她看见他走了出来,胳膊上挽着一个女人。女人一定早就在楼下等他了。

她穿着拖曳的黑天鹅绒长裙,头上裹着一条金色花边披巾。两人一同上了车,扬长而去。

总是同样的孤独。

3

他们的开演轰动一时,是米兰多年来最盛大的一次狂欢。即使是美国的空袭,也没能让这座城如此激荡。

每一个广告牌、每一个电话亭、每一面墙上都写着"死亡之舞",还有人很有创意地在上面添加了一幅腾跃着的骷髅画像。

人们站在椅子上,疯狂地挥舞着手帕和餐巾,有的甚至拿起了桌布挥舞。整个晚上都是这样,他们简直要把这个地方给拆了。这里不像是夜总会,更像是暴乱现场。一个女人,穿着晚礼服,怀里抱着一瓶香槟,撞倒了一面镜子,不得不去医院看医生。当医生们给她的肩膀缝合时,都不需要用麻药,因为她喝高了,都不知道疼。她还一个劲地鼓掌,医生们以为她是在给他们鼓掌(他们从未去过埃克塞尔西奥夜总会),于是还向她鞠躬感谢。

玛丽费了九牛二虎之力才挤了出来,来到街上。还好,赛图奇叫了警察来开路,否则死亡之舞要变成现实了。俱乐部的侧门到下一个拐角只有几码远,她的车却用了足足十五分钟。即使有警察开道,仍然有几个仰慕者围着轿车,警察不得不拉开他们。她从侧门走出来时,手里拿着两打盛开的玫瑰花。当她上车时,手里只有两打光秃秃的花枝,一片叶子也没留下,连根刺都没有。人行道大概有四码宽。

这是一个演员梦寐以求的场面,梦寐以求却很难得到的场面。

后来,他们都出去庆祝了,所有的人,除了他。

他说他几分钟后就来,他没有来,几分钟变成了很久。

她回头看了太多次了,朝聚会相反的那个方向,她也问了很多次的时间。

她看见迪克生朝克拉克微笑,克拉克回以微笑。

从那以后,她就不必再问他在哪儿了,她已经知道了。

他自始至终都没出现。

她很早就回家了,在开幕的庆典之夜。

她回到酒店,敲了敲他的房门,但她真的没有期待任何回答,的确没有应答。

总是同样的孤独。

4

第二天晚上他们没有一起吃晚饭。

他在演出前几分钟才露面,整个人兴奋得像被点亮的一百瓦灯泡,不是酒精的作用,酒精没这么大的功效。

他在化妆间门口对她说了句:"大明星准备得如何?"

明星很孤独。

然后他走进来,吻了吻她,又走了出去。搭档之吻,是很平常的事。

他的光芒刺痛了她的双眼,他走后,她不得不闭上眼睛,静养一会儿,真是太耀眼了。

第二天晚上他们没有一起吃晚饭。

又一天,他们没有一起吃晚饭——

又一天,他们没有一起——

又一天,他们没有——

在阳光明媚的午后,她沿着圣安德烈亚大道走着,看见他坐在露天的一张桌子旁。

他背对着她,所以没看见她。这时,那个弯着腰的侍者让开了,她发现他不是一个人,桌边是两个人,每样东西都是双份的:两小杯卡尔帕诺酒;两支香烟在盘子里首尾相接;两个人的阳光;两个人的小世界。

桌子上,甚至手也只放了两只,一个人一只手,另外两只在哪里,并不难猜,它们无处可见。

女的非常漂亮,是少有的意大利金发美女。在欧洲北部有一些,是太多了,太多了。

被小桌子、小酒杯和小椅子包围着的玛丽本想转身离开,但为时已晚。

他突然转身看见了她。

"喂,玛丽。"

"你好,麦克斯。"

他站了起来,没有脸红,也没有惊慌失措,只是表现得有点机警,仿佛在说:"你不会待太久的,是吧?"

"鲁伊特小姐,the Signorina Malatesta(意大利语:马拉泰斯塔小姐)。"

她思忖着:如果我把"小姐"的称谓改了,他会是什么反应?但是,他知道他是安全的,她也知道他是安全的。

"马拉泰斯塔小姐在拍意大利电影。"他骄傲地说道,好像他不但已经拥有了她,还拥有了意大利电影。如果他只拥有意大利电影,她也不会介意。

"你的舞跳得真好,鲁伊特小姐。"

"谢谢,你也在场吗?"

"我在米兰的时候,每晚都会去。"

"只为看我跳舞?"

"哦,部分是吧。"她的眼睛出卖了她,两人都朝着他微笑。

"好吧,我明白了。"她说,她的确明白了,她看到了。

他假装伸手去拿椅子。

她不会坐的。

他想请她喝一杯。

她不让他去。

意大利人试图表现得慷慨大方,或者迷人,或者别的什么,又或许她真的没有猜出来他们的关系:"我们必须为鲁伊特小姐找一个——照你说的——一位护花使者,带她游览一下米兰。这不公平,我已经带你游览过了,亲爱的。应该有人带鲁伊特小姐到处看看。"

"我从酒店的窗户已经看到了很多。"玛丽告诉她说,"我正把它记在心里。"

"你得赶快了,鲁伊特小姐?"

他是在替她说话,他可不想冒任何风险:"她今晚有一场演出。你知道是怎么回事的。"

你也知道是怎么回事的,先生,她痛苦地想着,即使,我也知道是怎么回事,我们三人都知道是怎么回事。

那个夜晚,他们没有共进晚餐。

5

当时针最后追赶上分针,只留下秒针时,是凌晨三点十五。她起床走向窗台,向外望去。窗外,星星闪烁,好像是有人发射了一片火花。

那是别人的星星。

"休息一会儿吧。"她情绪低落地和星星说道,"你们在浪费时间,错对窗户了。"

她啪的一声关上窗户,把星星挡在窗外。

她和以前一样,打开房门,走了出去,身上披着尼龙长衫。

她穿过大厅来到他的房间。她没有敲门,她知道他不在房间。

她打开房门进去,关上门,打开灯。

他马上就要来到她身边了——这就是她来这儿的目的。一支香烟的余味;一把旧剃须刀留下的月桂油香味;地板上的领带,像蜕了皮的蛇一样。

她捡起领带,轻轻地抚摸,然后——就一次——用她的双唇亲吻了它。这是上一个圣诞节,在伦敦的礼物:"谢谢,亲爱的,每次戴上它,我都会想念你的!"

"叛徒。"她对着领带说道,"你是个帮凶。"

桌上,是留给他的电话讯息,充满了速度与激情。

马拉泰斯塔小姐来电,17:40。

马拉泰斯塔小姐来电,18:00。

马拉泰斯塔小姐来电,18:20。

这是欧洲时间,在美国,他们称之为脚踏两条船。

她走到衣橱门边,依偎着一件垂饰夹克。她把衣袖绕在身上,它们应该知道自己的去处的。

她抓住他了,她想,我抓住了他的旧夹克。只是,那该死的东西不能紧紧地搂住你,这得要双方用力才行。一个法兰绒拥抱,里面没有肌肉。

房间的门毫无预兆地开了,他站在那里,看着她。

"玛丽,你不应该这样进别人房间的,这样很糟糕。"

"对不起,我没想坏了你的名声,麦克斯。"

"不是的,不是这样的,是你的名声。"

马拉泰斯塔的唇印留在他的左脸颊、右脸颊、嘴角上、下巴处。

她轻轻地帮他擦去脸颊上的两个唇印。

"你刚才和她在一起的时候,也同样为她的名声担心吗?"

于是,他记起了刚才自己身在何处。顿时,两眼发光,这股间接来的热流,并不是为了她。

"哇哦!"他爆发道。

这给了她一幅想象的画面:这股热流一直在涌动,没人能阻止得了。

她朝门口走去。

"晚安,麦克斯。"她轻声说道。

她低头看着门把手。然后,她转过身,回头望着他:

"她很漂亮吗?麦克斯?"

她没必要问这个,她见过她;但是,她想听他的回答。他说道:

"她亮瞎了我的双眼,天哪,她让人变得盲目。"

"她的手臂勾着你的时候很柔软吗,麦克斯?"

她往回走向他,伸出双臂,让他比较。

"不只是那样,还很有教养。"

她的手臂垂了下来,仿佛被鞭子抽了一下。

他望着她回到门口,把门打开。终于有个想法穿透了他被克里克酒浸透的感官,刺激了一下他的心窝,这个想法很微弱,几乎让人感觉不到。

"嗨,你知道什么吗?我觉得你很孤独,我觉得你需要一个爱人。"

"不需要,谢谢,麦克斯。"她无力地回答,声音很小很小,"我已经有了。"

她随手把门关上了。

6

伴随着一个不祥的长和弦,灯光开始暗下来。突然,舞池上的一个聚光灯亮了,它的灯光像一袋面粉,飘洒开来。

她站在那里等着,望着前面。

几百张脸在聚光灯下变得苍白,数以百计的呼吸停止了。

她现在能看见他。他和马拉泰斯塔在一起,她的手指上戴着好几个钻戒。他们坐在一个靠边的桌子旁。

塞图奇现在正站在聚光灯下,向观众介绍她。他每次都为她亲自做介绍,因为是用意大利语,她大多听不懂。

然后,他提高声音,到了结尾处,说道:"la danza dell'morte(意大利语:死亡之舞)!"

接着,他用手示意。她迅速地从黑暗中出来,出现在聚光灯下。

马拉泰斯塔并没有在看她（这个舞蹈，她已经看过多次），她正看着他。

玛丽发现，这个象征性的、扁平的、铲子似的蛇头，越来越朝着马拉泰斯塔坐着的那张桌子方向，而不是盘旋在她自己的头上，好像她没法控制它。

她比平时任何一个晚上都更靠近观众的桌子，特别是那张桌子。她已经偏离了地板的中心，但她的脚，似乎不听使唤，不能把她带回来。她感到一种强烈的怨恨，就像蛇的毒液一样，在她的全身蔓延。

她希望死亡发生，一直想，一直希望。

她想杀了她，她想看她倒下。

攻击！向那儿攻击！那个方向！那里！

聚光灯的一线光芒照在马拉泰斯塔身上。突然间，她那富有佛罗伦萨风情的金发美貌格外引人注意。现在，马拉泰斯塔正紧张地看着她，没在看琼斯。

马拉泰斯塔眼睛睁得大大的，充满恐惧。玛丽看见她一只手抓着胸口，另一只手在胸前画十字。

玛丽准备俯身倒下，但这里没有台阶，很难做到。

马拉泰斯塔的手仍然放在胸口，全身剧烈地颤抖着，身上的珠宝也跟着抖动，身体的血液在起涟漪。

玛丽倒下了，躺在那里，一只胳膊笔直地向前，指向马拉泰斯塔的桌子。

接着是惯常的尖叫声和喘息声,她每晚都听见。此刻,又听见某个高背椅翻倒了,有个很重的东西掉在附近的地板上。

她不想睁开眼睛。

它击中她了,玛丽幸灾乐祸地想着,击中她了,她死了,它把她杀了。

室内现在一片混乱,她能听见人们转来转去的脚步声。她知道现在没人会多看她一眼,因为有别的东西吸引了他们全部的注意力。

她抬起头看了看。

玛拉泰斯塔和他紧紧地抱在一起,不停地颤抖,头枕着他的肩膀。由于身体的颤抖,她身上的珠宝也一直在抖动。

从舞池笔直望过去,穿过他们的桌子,在他们身后,一个男人的尸体躺在地板上,嘴巴张得大大的,好像在抗议,自己的死亡来得太快。

7

那天凌晨快到三点钟的时候,有人在敲她酒店的房门。

"什么事?"她喊道。

"开门。"一个男人的声音,很官方。

"等一下。"她小声地抱怨着。

当她打开门时，两个男人站在她的门口，一边一个。在这片每个人都一直在微笑的土地上（除了她），他们脸上没有一丝笑容。他们那水汪汪的黑眼睛冷酷无情，毫无人性，就像一块块煤炭。其中一人穿着警察制服。

这时，另外一人从衣服里掏出了证明，她看也不看。

"我是大都汇警察署的卢索。"

他没有问她是谁，也没有问她是不是谁。

"你要和我们去一趟总部。"

她没有假装不明白。

"是关于之前发生的事吗？"

"是的。"

她以前从未见过意大利侦探，也从来没有设想过他会是什么样，但是如果有的话，他很可能会和这个人有天壤之别。太过镇静，没有过多的肢体语言，作为一个民族，他们怎么会有这样的名声？这个人非常冷漠，冷得像一块石头，无情得像一块铁，比伦敦或纽约的便衣，更没有人性，更像是一部机器。

他说的是英语，他一定是在某个补习班里苦学了很久。

他穿着浅灰色的法兰绒外衣，戴着一顶灰色的帽子。

他给人的印象是，一个极有能力的年轻人，你最好不要糊弄他。如果你开始糊弄他，你不仅得不到任何好处，而且肯定会陷入最糟糕的境地。

"我被捕了吗?"她嗓音颤抖地说。

"你没有被捕,"他生硬地说道,"如果你被捕了,我会通知你的。"

他给人感觉,非常讨厌这个典型的外行问题,而且他一直都在回答这个问题,真是令人生厌。而另外的那个警察一点动静也没有,只是站在一旁。

"我能拿上我的手提包,再裹一下头吗?晚上这个时候有点冷。"

"你随便准备,只要不关上门。"

"我不会的。"她温顺地说道。

她用一条围巾把头裹好,然后,加入了他们的行列。

走过大厅的时候,她说道:"我回来错了吗?没人告诉我要待在那里。"

"这不重要,夫人。"他简单地回答道,"反正你现在要跟我一起回去。"

电梯已在那里等着他们了。自她住进酒店以来,这是她第一次得到酒店的快捷服务,或许,其他人遇上这种事也会享受到如此待遇的。

电梯下行时,她一直对自己说,不要问他,不要问他。

"呃,琼斯先生也会去吗?"

"他一直在那儿,"他简洁地说道,"大半个晚上。"

他们穿过大堂，她尽量不去注意那些夜班职员和夜班搬运工的目光。

就在门口的台阶上，她突然惊慌地站住了。

"坐那个？"

这是个厢式车，门在后面大开着。

"我们不可能给每个人安排私家车，夫人。"他简要地回答道，"我们没有这么多小轿车。"

她尴尬地环顾了一下四周，抬腿上了车："太好了，这么晚，这个点，附近没什么人。"

他扶着她的胳膊，把她领到前面的座位上，然后，在她对面坐下来。

警察帮他们关上了门，待在外面台阶上。

"我之前从来没有坐过警车。"玛丽非常小声地说。

"这只不过是另一种汽车，夫人。"

"这里面太暗了，看不见外面。"

"它们的设计不是为了看外面，夫人。"他说这话的时候，没有太多的同情心，"它们不是旅游观光车。"

她在手袋里摸索了一阵子，发出了失望的叹息声。

"我把香烟忘在房间里了。我觉得，我并没有像我看上去的那样冷静和镇定。"

"夫人。"他立刻用他那紧绷的、不带个人感情的声音应答道，掏出自己的香烟给她。她能辨认出盒子里的白色,所以她知道该从哪儿抽出一根。

他的打火机在他们中间断断续续地闪了一会儿。他自己并没有抽,他在工作。随后,他乌黑发亮的眼睛又不见了。

"Grazie(意大利语:谢谢)。"她说道,试着用意大利语来缓和一下气氛。

他不愿放弃使用英语,英语有助于两人保持生分的关系。他是用英语接她来的,他打算用英语把她交给警方。"没关系的,夫人。"声音好像从阿尔卑斯山的另一边传来。

她吐了一口烟。"为什么你一直叫我'夫人'?"她想知道,是不是琼斯这么告诉他们的,如果他不得不这样。

"我习惯这么叫。"他说,"这个比较容易上口,比起正确的英语单词'小姐'和'情人'。这些词总拖我后腿,我总得想一想哪个是哪个。"

不是情人,她心里帮他纠正道。但是,即使那样,我也会满足的——很高兴。"你拘留了很多女人?"

"你不是被拘留,夫——"

她笑了起来:"现在我们俩都犯了错;我们扯平了。"

他没有和她一起笑,如果他笑了,她应该听得到。她知道他的脸从来没有任何表情。

她把香烟扔在地上,在黑暗中踩了上去。

"你很不友好，卢索警官。"她沮丧地叹了一口气，"我只是有点害怕，坐在这里，被这样带进来，努力不表现出来罢了。你本来可以帮我一下的。"

"我不是保姆，"他冷漠地答道，"我是一名便衣警察。"

"上帝保佑你爱的女孩，如果有的话。"她含糊地说，半是自言自语。

"有的，"他冷峻地回答道，"你不是她。"

就在这亲切的话题中，旅程结束了。

米兰警察总部的建筑有几个世纪的历史，土褐色，厚墙，和意大利所有的公共建筑一样，侧面阴冷，像洞穴一样。即使在光天化日之下，也是阴森森的，更何况这深夜时分，走进去就像进了坟墓。他们进去时，她战栗着，抱紧了自己的身子。

"我应该带些暖和的东西来。"

没人应答。

他们走在长长的走廊里，光线很暗，穿堂风吹过，冷得就像剃刀的刀刃。

"小姐，从这扇门进去。"

（我敢打赌，自从我们下车后，他就一直在练习正确的用词。）

他们来到的第一个房间里就有马拉泰斯塔，她在等琼斯。

她转身看见玛丽和她的护卫："鲁伊特小姐，这太愚蠢了！难道不愚蠢吗？我可怜的麦克斯在那里待了大半个晚上！今晚，我们本来被邀请去参加一个专门为我们举办的晚会。他们，那些人会怎么想？我们要告诉他们吗？哦，我跟你讲，我为自己是意大利人而感到羞愧！"

但马拉泰斯塔对玛丽本人一句同情的话都没有说。他们继续走进去，门关上了，里面有一个男人坐在办公桌边。

"请坐，鲁伊特小姐。我们马上为您准备好。"

琼斯在那儿，坐在一张靠墙的椅子上。他颓丧而空虚地向前弓着身子，前臂撑着膝盖，双手荡在外面，科瓦内特的大衣夹在双膝间。他一直在摆弄那块昂贵的瑞士手表，那是他们来这儿以后，他给自己买的。即使没有别的意思，也看得出他一直在盘算着时间。表上面什么都有显示：分、秒、日期、星期几；但，就有一件事没有显示：他什么时候可以和她一起离开这里，去参加晚会。

自卢索敲过她的门后，她第一次意识到，自己并不像自己以为的那样，会介意被拘留。只要他和她一起被拘留，不去参加晚会，一切都可以接受。

他看见她进来，便悲伤地皱起眉头，忧郁地点了点头，好像在说："你对此有何想法？你还好吗？"

她试图转向他，坐在他旁边的椅子上。坐在办公桌边上的男人眼睛也没抬，就说："到房间这边来，鲁伊特小姐。"他的手示意了一下。

她不得不走到远处的那面墙，在那里坐下。

他，琼斯，从他所在的地方望着她；她也从她所在的地方望着他。

她从手提包里拿出一面小镜子，想看看自己在他眼里是什么样子，她现在的机会有多大。

突然间，没有任何预兆，桌子旁的那个人头也没抬，也没有看她，没有任何预示，审问就开始了，仿佛她是这个案件的幕后推手。

"你以前发生过这种事吗？"

"我问你，你以前发生过这种事吗？"

"哦，对不起，我不知道你在问——我不明白你的意思。"

卢索解释道："小姐，问题很简单。你不想回答吗？詹蒂莱探长想问的是，在你之前的表演中，有没有人，这样倒下，死去？"

她不知道该不该告诉他们。琼斯已经说了吗？如果他已经告诉他们了，那么就不用多想了。如果他没有说，他们就还不知道，为什么……？

"鲁伊特小姐，你不想回答吗？"詹蒂莱又问道。

这让事情看起来很糟糕。

"哦，我要回答的，要回答的。"

"在蒙特利尔，佩罗克俱乐部发生过的，那是六个月前，在，在圣凯瑟琳大街。"

他们点了点头。

就像其他警察一样，他们早就知道了。她的犹豫不定，把事情搞糟了。

"还有呢？"

"在纽约，这事之前的大概一个月。在一次排练中，不，不是排练，我在为我们的经纪人试演。"

他们再次点了点头。

就像其他警察一样——

她感到很内疚，却又不知道为什么。她低头看着地板，非常内疚，几乎是有负罪感。

"你以前见过这个人吗？"

她不得不再一次回到现实：我会成为一个恶劣的嫌疑犯，如果我真的做了什么事，我很快就会完蛋："是那个桌边的男人吗？"

"你觉得我们说的是谁？"

"我以前从未见过他，他坐在桌边，我也没有看他。"这是真的，她整晚一直在看马拉泰斯塔，"我第一次见他的时候，他已经躺在地上了。"

"鲁伊特小姐，你结婚了？"

现在，我该怎么办？她的目光越过了琼斯，没有停留，只是掠过，就像一个亲吻，一滑而过。

他隐隐地眨了眨眼，眼皮微微动了一下，他从来没有这样准确无误地暗示过。

因为她就在外面，就在隔壁房间，之后可能会听到。

她低头看着地板，然后抬起头看着警长："我不是任何人的妻子，我根本不是什么人的妻子。"

这是事实，没有比这更真实了。

"有什么事让你生气吗，鲁伊特小姐？"

他们一定是从她脸上捕捉到了什么。

"我有时会很生气，"她爽快地承认了，"一想到我还没有结婚，我现在才想起来。我们女人都是这样的——"

突然，门开了，一个年轻的女人进了房间，身边跟着卢索的同伴。玛丽转过头去的时候，有一阵恍惚，她以为那是马拉泰斯塔，结果不是，是另外一个人。

这一定是预先安排好的，因为，没有敲门声，办公桌边的詹蒂莱警长也没有给出任何信号或传唤。

年轻女子戴着厚厚的面纱，穿着黑色的丧服。她一定是刚参加完一个活动直接过来的，才会这么穿戴。她的面纱在她嘴角处起了小褶，表明她仍然在面纱后面哭泣，虽然是无声的。

她根本没看房里的男人，只是恶狠狠地盯着玛丽，缓慢地，冷酷无情地盯着她看。最后，她戴着手套的手，指向玛丽的头巾。

"把你头发上的披巾取下来，鲁伊特小姐。"詹蒂莱要求道。

玛丽解开了她来总部时戴的头巾。

年轻女人的面纱在沙沙作响，她在跟她的侦探说什么。侦探走向詹蒂莱，詹蒂莱示意玛丽，把桌上的电话举到她面前。

"说点什么,鲁伊特小姐。对着电话说点什么,说话。"

"但是,我说什么——"玛丽接过电话,放到耳边,"喂?你好吗?"

他挥了挥手:"不,不,用意大利语说。"

"但是,我不会说意大利语,我只在米兰——"

面纱又因发出某种神秘的信息而抖动起来。侦探把信息传递给詹蒂莱,詹蒂莱把它写在一张卡片上,递给玛丽。"就说这个。"他命令道,"要说三遍,每次说得慢一点,清楚点。"

玛丽拿起卡片,对着电话读着:"Pronto? La casa di signor Cortese?Chi parla?"

她说了三遍。

她放下电话。

她看了看四周,那个蒙着面纱的人不见了。

"看吧,警长——"琼斯以一种不耐烦的、慢吞吞的声调抗议着,仿佛厌烦得无法忍受。

"安静。"然后,詹蒂莱转向玛丽,"不是你的声音,你不是那个一直往他家里打电话的人。刚刚来的那个,是他的大女儿,她来做个比较。"

"你真的以为我……"

他摊开双手,说道:"它得被证明,不是吗?这就是我们在这儿的工作,我们。"他浏览了一下报纸,"这个人就是朱利奥·科尔特斯,制造商,五十二岁,是个鳏夫,有两个成年的女儿。他的女儿们说，一个女冒险家，一个神秘的女人，进入了他的生活。她们只见过她一次，在远处，她和她们的父亲在一起。幸运的是，她长得不像你。她给他家打了很多次电话，她们都听到过她的声音。幸运的是，声音和你的也不一样。她们反对自己的父亲同她结婚，是为了保护那个——那个，你们是怎么说的？总有一天她们会得到的遗产，他财产的继承权。她俩成功地劝阻了他，他断了与她的关系。那女的最后知道了原因，就给她们的父亲至少发过一封恐吓信，这是她亲眼所见。她们私下里跟我承认，她们截获了不少他和她的通信，为了加快他俩分手的速度。两周前，一盒裹着糖霜的水果被送到她们家来，盒子上没有名字，她们以为是误送的。她们家的一只鬈毛狗吃了一个，两小时后，它死了。"

她说不出话来，感觉好像一把锋利的斧头或致命的利刃，从你的头顶落下，只差几英寸就砸到你的脑袋上了，那种阴冷、颤动、苦涩的感觉。

"还有一个手续需要完成，然后——"正说着，刚刚她用来做声音测试用的电话，开始发出丁零零的刺耳声音。他仔细地听着，说了一两句话，把电话放回了原处。

"你现在可以走了。"他说，"尸检刚刚结束。科尔特斯死于急性心脏病发作。"他狠狠地盯着她，说道，"你在道义上是有责任的，即使没有犯罪——你的舞蹈把他吓死了。"

他们两人气愤地跳了起来，她和琼斯。

"如果今晚，你没有在他的桌前跳舞，他可能还活着。"

他啪的一声把手放在桌子上。

"太危险了，我再也不允许这种事发生了。你们的许可证会被吊销，我将把这件事呈交给有关当局，请你们尽早离开意大利。"

"你要驱逐我们。"琼斯怒视着他，仿佛要跃过桌子扑向他。

她急忙把他推到一边，转身出门。

"不要——你会把事情弄得更糟的。"

"你不必把我们驱逐出境。"琼斯对着他吼叫道，"我们会乘第一班火车离开，还有第一班船！我们不会待在这里的，如果你——"

"好的，"詹蒂莱冷冰冰地说道，"那就这样做吧。这将节省大量的传真和公文工作。"

琼斯几近粗暴地把她推出房间，仿佛她是个木偶，然后，砰地把门关上。另一边，他立刻忘记了她的存在。他和玛拉泰斯塔四臂相拥，他告诉了她所有的烦恼；她抚摸着他的头发，抚平他的衣领，安慰他，安抚他。爱可以如此排外。

他们转过身来看见她，才想起了她，想起了她和他们在一处。

"要送你一程回酒店吗？玛丽？"他想知道。

"不了，谢谢！"她说，"我不会有事的。"然后 她就走掉了。

8

现在，她回到了自己的房间。

她坐在梳妆台的镜子前,正涂抹着自己的脸,好像要出门似的。

她是要出门。

"这一切都是为了别人。"她对他说道,"我现在另有约会了。我永远也得不到与你的约会。但是,我现在和别人有约了,是个不难得到的人。你不会嫉妒的,他的吻冷冷的,他的眼睛很空洞,但是,一旦你和他约会,至少他不会抛弃你。"

她擦了一点香水,是一款名叫自由女神的香水。

她打开床头柜的抽屉,拿出一个小瓶子,然后,从床边的水壶里倒了一杯水,放在边上。她拧开小瓶子的盖子,把瓶颈处的棉花拿了出来。

再没有明晚了,反正它们从来没有来过。

她把两粒小药丸放进嘴里,吞了一大口水。

她等了一会儿,点了一支烟。她把小瓶放在一个伸手可及的小玻璃托盘上。

她又放了两粒药丸进嘴里,又吞了口水。

然后,静静地吸了会儿烟。

又两粒药丸,一口水。

突然,她把瓶子里剩下的药丸全倒在自己的掌心里,倒进嘴里,用力地吞了几口。

她接连喝了好几口水,一切都过去了,就这么简单。

她掐灭了香烟,把小空瓶子扔进了废纸篓。

就这样了，仅此而已。

世界蹑手蹑脚地淡出她的意识，仿佛不想惊醒她。

"继续走，继续走，一刻也不要停。"医生警告琼斯，"只需要一会儿工夫……"他用手示意了一下，"好了。"

"抱紧我，麦克斯。"她嘟囔着，声音小得几乎听不见。

"不要太紧了，她要呼吸的。"医生告诫道。

"管好你自己的事。"她试图呵斥他，但是全无力气。

"我们要去哪里，麦克斯？"

"散会儿步。"

他亲吻着她。

"别再这样了！"医生尖声叫道，"这样会让她闭上眼睛，放松下来的。"

她试着把脸转向琼斯，期待着，但没有更多的亲吻，这是医生的命令。

"现在，你可以停下来了。"医生聚精会神地听了她胸部所有的声音后，说道，"安全了，她活过来了。"

啊，谁想活着？她暗自抗议……

早上，躺在床上，护士坐在椅子上，但没有他。

"他在哪儿？"

护士有点迟钝："昨晚的那位先生吗？"

大概是的。

"是的,"她痛苦地说道,"昨晚的那位先生。"

"他很努力地救你。"护士好奇地看了看她,"你认识他吗?"

"是的。"她说,"不是很熟。我认识他——你们怎么说的?只是面熟。"她厌恶地把脸转向枕头的另一边。

中午,医生过来给她检查。现在,她可以起床了。

护士就离开了。

"等一下,我的手提包在那边某个地方——"

医生举起手,阻止道:"都已经安排好了,那个年轻人会付账单的,他会承担一切。"

她的眼睛眯成一条缝,露出恶毒的承诺。"他会的,医生。"她向他保证道,"你可以一直这么说,一遍,再一遍。他会承担一切,对的,不是从这里——"她摸了摸自己的身上,大概男人衣服的口袋处,"而是从这里。"她把手指放在自己的鼻子上,停了一会儿,"用最亮的红色货币。"

医生耸了耸肩,用意大利语说道:"我不懂英语。"

"这在任何语言中都是一样的,任何语言,用高代价偿还。"

"你感觉良好,我能看见,"医生说道,"你的眼睛,它们在发光。"

"我一点也不觉得。这样挺好,你感觉到的那部分,已经被丢失了。你救了我,医生。但是,我身上有一部分东西,你没能救过来,那就是我的心。从现在开始,我要没心没肺地继续生活。"

"我要像他伤害我一样去伤害他。"她许诺道,脸上带着可怕的喜悦,"当他付清所有费用的时候,我们就扯平了。然后,我要回到开始,我要从头开始来伤害他,从零开始,只是为了惩罚他。我要看他流血,我要看他痛苦,我要把脚踩在他的心脏中间,像踩毛毛虫那样使劲往下踩。"

医生疑惑地看着她,此刻的她,就像一座准备喷发的火山。

车厢的门开了,一切都在重演,什么事都没成,它只是在愚弄你。他的波尔卡圆点围巾越过左肩,吹向另一个方向。他走了进来,随手把门关上。

"怎么样?"他说。

"怎么样。"她回他。

火车包厢里只有两名乘客,两个商业伙伴。

"要坐一会儿吗?"

"地方很大。"

他看着窗外流动的白杨树,一个教堂的尖顶掩映在其中,一并消失而过:"嗯,看到那个地方离我而去,我并不难过。"

"我把我的心留在那儿了。"

他看了她一眼。

她没有告诉他,她的意思。她只是又说了一遍,语气比以前更加生硬:"我把我的心留在那儿了。"

布宜诺斯艾利斯：塔巴里斯俱乐部

1

雷鸣般的掌声响起，夹杂着欢呼声和喝彩声。人们跺着脚，敲打着桌子，站在座位上为她祝酒。有时，花儿落在耀眼的聚光灯下，随风摇曳，仿佛置身在真的水中；栀子花、白玫瑰、从纽孔里抽出来的康乃馨、从别人肩头上落下的兰花，从生到死的各种花，随处散落。

夜总会里不仅仅有掌声，还有歇斯底里。

到了侧幕，她睁开了眼。但是，他仍然抬着她，一直抬到化妆室的过道处。到那里，他才放下她，让她自己站立起来，又扶了一会儿，以确保她恢复平衡。

他把手臂拿开，她低头看了看，好像在说："它们有必要停留这么长时间吗？"

然后他拿起手帕，轻轻地触碰她的脸。她把脸歪向一边，这样就阻止了他的关心。

他单膝跪地，要用手帕去帮她擦掉身上沾到的灰尘，因为刚才她倒在地板上了。

她轻轻推开他，傲慢地用手一挥，说道："我有用人，你知道的。她会帮我做这些事。"

他慢慢直起身子，非常沮丧。

她转身离开了他。"晚安。"她冷冷地要把他打发走。

她走到她的化妆间门口，手扶门把——这是她的化妆间，不是他们的；他的化妆间在过道的另一头。

"玛丽。"他叫了她一声，跟在她后面，再次站到她身边。然后，他似乎根本不知道该说什么。

"你还有什么想同我说的？"她冷冰冰地、礼节性地问道。

"我也不认为今晚——"他结结巴巴地说道。

"今晚，什么？"

"我想问也没用，你能不能跟我一起来个小约会，去喝一杯咖啡——"他用手比画着，"你和我，就我俩，一起。"

"自从我们来到布宜诺斯艾利斯，你每天晚上都问我这个问题。

每天晚上我都说'不'。我们到这里已经有四个半星期,你已经问了我三十一个晚上了,三十一个晚上我都说'不',你凭什么认为,我今晚会答应?"

他没有回答。

"你真的很无聊,琼斯先生,还有点笨,三十一次'不',就是不。"

"但是,每个人都会时不时地在算术上犯错,"他可怜地说道,"即使是会计。为什么你就不会呢?"

"我不喜欢咖啡——"

她的双眼像一把匕首刺向他。

"我不喜欢约会——"

匕首正刺中他心。

"我也不喜欢——"

它们让他伤痕累累,浑身是血。

"我,我猜。"他唯唯诺诺地说道。

"——在后台的过道里做慈善。每天晚上,有规律的五分钟,你就把我整个晚上搞得一团糟。然后,我得重新找回好心情。"

"哎哟,"他的脸抽搐了一下,说道,"你难道一点也不记得我了吗?你难道不记得了吗?我们曾经结过婚,就在纽约港外。"

"我签过很多的合同,我全部记得。事实上,就在此刻,我把它们都放在银行的保险箱里。我同米兰埃克塞尔西奥俱乐部的塞图奇签过一份协议,但这并不意味着我应该和他约会。我在蒙特利尔同那谁，他叫什么来着？签过一份协议，但是，我没被要求和他在一起。我和你是签过协议。"她边说边小心地活动着肩膀。

"还是有点不同的，不是吗？"

"没有那么好。没有支付，没有约定的限制，也没有免责条款。"

"'免责条款'？这真是个谈论婚姻的好方法。"

"婚姻不就是一个跳舞契约吗？只是你为一个男人而舞，但他甚至都不拍手表示一点谢意。"

"让我们重新开始商讨吧。"他恳求道，"我糊涂了。是的，我不是一个丈夫。那么，让我成为——一个已婚的仰慕者，一个合法的情人。你能给我一个晚上吗？一定有一个晚上你没有约的。"

她平静地点了点头："是的，有的。十三日星期五，我没有约。乔治非常迷信，那天晚上他故意不走近我。"

"从昨天算起，还要三周！"

"我都没说你可以拥有那晚，你有点操之过急了。你说，一定有一个晚上我有空，我说有。但是，是否给你，就另当别论了。我的夜晚太美好，为什么要白白浪费掉？"

"哦，刽子手，"他半抽泣着，"你就不能把你的刀，从我身上拿开一会儿？你让我遍体鳞伤。"

"我不会拿刀刺你。"她极度冷漠地告诉他，"看在彼得的分上，我要猪肉做什么？"

"我要怎样，你才会开心？"

她一时认真地考虑了一下:"我不知道。我想,当我在这一边的时候,你就待在城市的另一头吧。"

"你把我的糖果给了看门人。"

"我不会这么粗心的。我现在想起来了,从那以后,他连续两个晚上都不在岗。他是一个可爱的老人,我无论如何也不想连累他。"

"你把我的花送给了医院。"

"暗示的力量,纯粹而简单。它们使我想起了病痛,因为它们让我觉得有点恶心。"

"你把我的香水给了用人。"

"她对香水的品位太差了,那香水刚好适合她。"

"你把我订的钻石表链寄还给了珠宝商,却以这种方式,还附上信息。所以,当我进店的时候,整个商店,全体员工,都在背后笑话我。从那里开始,全城人都知道这件事。"

"嗨,我只是告诉你,我所知道的空余时间。既然你不会跟我去任何地方,我也不会跟你去任何地方,我真的不需要知道得更多。"

"哎,"他伸出了双臂,垂头丧气地恳求着,"你到底想要什么?"

"我想回里面去卸妆,不要在我的化妆间门口和其他人争吵。"

"一定有你想要的东西,一定有什么办法,能让我得到你,让我接近你。我会把整个布宜诺斯艾利斯都买给你。"

她上下打量着他，从脚到头，又从头到脚："我已经有了，你不知道吗？问问乔治——我是说年轻的卡拉尔达先生——关于那一点。"

他开始摩挲她的一只肩膀，好像它在痛："看到别人窘迫不安，你真的有这么兴奋吗？我敢确定，你身体某处，一定藏着残忍的本性。你小时候,是不是常常把苍蝇的翅膀扯下来？还喜欢踩虫子，把脚踏在上面磨来磨去？"

"显然，你说的每一样我都错过了。不，现在别抓我的胳膊。我得走了，今晚我给了你太多的时间。我不知道为什么，我一定是泛起同情心还是什么的。现在，我想起来了，我让一个衣衫褴褛的小报童搭我的车，从公寓外一直到俱乐部，这样他的卖报生意会好做点。这就是我的平常日子，我时常会碰到这些人。"

"我也是个报童。"他喃喃地说，"帮我卖掉我的报纸吧。"

"对不起。"她笑道，"几年前，我读了你所有的新闻，现在你有的都是过期的东西。"她设法把那扇门堵在他们中间，留下的空间非常窄。

他只是看着她。

"晚安，琼斯先生。谢谢你今晚的工作。明晚十一点，在这里，和往常一样。"

那扇门给人的印象是，正好打在他的眼睛上，事实上，没有，只是他的眼睛离它太近了，就产生了这样的效果。

短暂的停顿之后，突然从外面传来一声震耳欲聋的撞击声，然而，并不是在门上。

"哦,好野蛮！"她的年轻女仆和她一起在屋里，尖声叫道，"那是什么？有人把大箱子丢在外面吗？看看，所有的灯都在晃动。"

"吓死我了。"女孩说道，"你知道的，我来自地震灾区。"

她的女主人一动也不动，用一条小毛巾包住自己的头。

女孩打开门，又把门关上，回来时更茫然了："外面一个人都没有，但墙上的石灰有一条滑稽的裂缝，好像有人死命地踢过它。你猜猜发生了什么事？"

"也许有人讨厌墙。"女主人耸了耸肩说道，"现在帮我准备好，先生几分钟后就到。"

2

钥匙在公寓门外窸窸窣窣地响着，随后进来两个人影，带着香奈儿五号香水和香槟的味道。一个人转过身，关上门。

什么也没发生。

"不要，乔治。"很有套路的一句话。

仍然什么也没发生。

"可以了，乔治。"说话声又响起了。

突然，到处都亮起了灯。一个穿晚礼服的身影快速闪到一边；另一个穿着燕尾服，神色不高兴地、慢吞吞地跟在她后面。

乔治耸了耸肩，说道："可是，是你要我跟你一起来的。"

"为了喝口睡前酒，但是，那个不是睡前酒。你不要一口喝完，你要抱着喝。"

乔治看起来有点沮丧，但还是愿意学习。

她心软了，向他转过身来，轻轻地把他引到一边。"来这里，看到这把椅子了吗？现在我能相信，你会安静几分钟吗？我想扔了这棵圣诞树，它开始让我心烦了。这是你的香烟，在你的这边，这些都是睡前酒的必备。如果你想为自己弹奏一曲，这里有钢琴；如果你想别人为你弹奏一曲，只要转动那个小转盘，你就能通过短波到达纽约。我知道的，昨晚我试过了。"她拍了他三下，一次在膝盖上，一次在肩膀上，还有一次在头顶上，最后一次，她及时收回了手，"现在听话，在那待着，啊哈！坐下，别动。Estate quieto（西班牙语：保持安静）。"

她走到里面的一扇门前，说道："晚安。"

"但是？"

"过一会儿，你会看到一个不同的玛丽。先对这个玛丽道晚安，你今晚再也见不到她了。"

"晚安，玛丽。"他顺从地说道，"快把另一个你送来给我。"

她关上了门。

后来，门重新开了，但并没有很快。大概二十分钟以后，门才重新打开。他由于神经紧张，觉着有四十分钟。他的酒杯空了两次,又或三次,六支香烟被烧成了灰烬。后来,他坐在键盘前,在一个人的房间里,他已经做了所有他能做的事情——一只手在键盘上翻动,满怀希望地哼着当地的流行曲:

Y todo a media luz,crepúsculo interior,

Cual suave terciopelo,la media luz de amor.

(西班牙语:在灯光昏暗的暮色内,

爱的光芒就像天鹅绒一样柔软。)

这是一个充满了光芒的房间,就像花团锦簇的烟花在空中绽放!

他快速地离开钢琴,那些按下的琴键甚至都没来得及恢复到原位。任何人都会这么做的。

新玛丽适时闯入,引来了惊讶的尖叫声,而玛丽只是友好地笑了笑。

她穿着一件睡衣,似吊着的两块布,花了很长时间才合在一起,有点亡羊补牢的意思。这是件微不足道的睡衣,如果你不对它吹气,似乎会一直紧粘在她身上;她的头发披散了下来。事实是,她所有的招数都用上了。

她突然走开了,又让他待了好一会儿。他能做的就是,慢慢地转过身来,一动不动地站在那里,像是被钉在原地。但是,钉子随时都可以拔出来,而他是双脚和身体的大部分却都无法动弹了。

"房间太亮了，你不觉得吗？"

乔治是觉得太亮，他迅速地点了点头，差点扭断了脖子。

"我不喜欢灯光炫目的房间。"

乔治也不喜欢。他的头，左右摆动以示赞同，大概每分钟摆了一百二十下。

她在一个机关处，按了一下开关，部分灯就灭了。

乔治主动要帮忙，去关那盏落地灯，这是所有灯中最讨厌的一个。

"不要，那盏灯，让它亮着。"她神秘莫测地说道。

她不经意地碰了一下灯罩，结果灯就歪向一边，灯光不再优雅地朝下投射，炽烈的白光全部溅洒在窗玻璃上，就好像有人在那儿拉开了电影屏幕。

那一刻，乔治对电影效果根本不感兴趣。他向她伸出双臂，表达出拉丁式的爱慕。

她好像没有看见。

她慢慢地踱步穿过房间，直到她的身影能映到窗户上，中间窗户的一半，那是三个窗户中最主要的一个。她停在那儿，然后转过身，对他笑了笑。

就这些，足够了。

片刻之间，他自己的身影和她的重合了，纠缠在一起。

过了一会儿，他停下来，喘了口气，稍稍恢复了一点理智，不多，只有一点点。

"为什么不坐在沙发上呢？为什么要站在这里？"

"我更喜欢这里，我站的这个地方。"

她越过他的肩膀望着窗户，仿佛要确认自己的侧影是否在他对面的恰当位置。然后，她懒洋洋地把头往后一仰，他的头跟着转动，直到碰上为止。

当他们再次站直身子时，乔治不得不大喘气，他不得不这么做，非常糟糕。

她轻轻地挣脱开来。两个身影，按照总体规划，完成了预期。

她用英语自言自语了几句，那是他不懂的语言："我要冒这个险。"

"什么，亲爱的？"

"等一下，这个发型不好，我想让自己更随意一些——"她眨了眨眼，向他承诺，"——为了你。"她温柔地结束了谈话。

她微微抬起手把他挡开，手掌低低地夹在他们中间，根本投射不到窗玻璃上。

然后，她双手攀上头，退掉了一两件饰品，她的头发像波浪一样垂了下来。从外面的窗玻璃上看，如果有什么不同的话，那它比实际更富于戏剧性。

她的一只手先放到自己的一个肩膀上，再放一个到另一个肩膀上，分别做向下轻抚的动作，像是在脱掉什么东西。事实是，什么也没有掉下来，她没有使那么大劲，但效果是差不多的；有人裸露了她肩膀的效果。

对乔治的影响效果也一样，就像在炸药上戳火柴。他疯狂地向她伸出手臂，就像一个园丁试图用一把无法操作的剪刀修剪树篱一样。她避开他的双臂，退到房间更深处，暂时把身影从窗户上拖走了。他的身影立即追随着她。

窗户现在一定比以前更有表现力了。

他并没有真的去追她，她也没有真的从他身边跑开；他们只是一直在走动。她绕着一张矮腿的咖啡桌转了一圈，又回到了她原来的位置，靠窗而立。乔治径直走了过来，急忙回到她身边，没经过咖啡桌。无论她在哪里，他都想粘着她。

两个身影又合在一起了。

她抬起手，轻抚了一下他的头发，看着她的手的轮廓映在窗户上做着同样的动作，带着一种奇怪的魔力。

"Bruja（西班牙语：女巫）。"乔治喘着粗气，把头靠在她肩膀的曲线上，然后他开始摩挲着它。

她谨慎地垂下眼睛，不是因为其他的。在下面，在看不见的地方，她稍稍转动了一下手腕，上面有块表，是与她的睡袍唯一不协调的物品。

现在是三点十八分，他们已经在这地方待了十五分钟了。十五分钟给了一个阿根廷人很多自由行事的机会——如果你不想让自己在这个过程中被吊死。

她叹了口气,但究竟是因为乔治说了什么,还是因为手表时间的关系,无法确定。

乔治的吻,开始越来越往下了。她的脸上,开始显出极度忧虑的神色。她轻轻地抖动了一下她的手腕,就像你想让手表走得快一点时那样。

砰的一声,就像一辆货车被倾倒在码头上一样,在外面的门厅里,门被打开了,它在旁边的墙上弹了几下,几乎要从铰链上掉下来。一个裹着风衣,头戴帽子的人,跟跟跄跄地闯了进来,他的一个肩膀向前伸着,像橄榄球运动员一样扑了过来。他似乎是直冲着钢琴来的,好像是要对付钢琴似的,但还没等他到那里,就落在客厅地毯的中央,单膝跪地,双手平放在地板上。他的帽子滑落了下来,兀自在地板上滚了一段距离。

她文雅地尖叫了一声,非常短,非常克制,不吵不闹。

乔治从尖叫声中探出头来,那个人也从卑躬屈膝中站了起来,变成了一个脸色铁青、发狂的琼斯,浑身上下都流露出好斗的神情。

"出去!"他朝乔治吼道,"快点,趁你还活着。"

乔治向他走去,也许只是因为不理解而上去询问,但这是个错误的方向。琼斯伸手欲打对方,结果打了个转,没打着。不一会儿,他们就扭在了一起。乔治似乎从一个拥抱转到了另一个拥抱,但这次的拥抱完全不同。

"求你们了!"她在后面大声呼叫,却没人注意到,"不要在我的公寓里,我是这里的新房客。"

他们一同倒下,一同起来,一同出去。乔治在前面,一只手(不是他自己的)拉着他的衣领,一只膝盖(也不是他自己的)抬了起来,刚好压在他的背下,给了他一种疾驰向前的感觉。

他们一道,笔直地走出去,穿过门厅和敞开的大门,从视野中消失了,留下一股相当大的气流在他们身后盘旋了几分钟。

门外,铺着大理石的走廊里,传来一阵短暂而急促的皮鞋摩擦声,几声沉重的撞击声,仿佛是两个巨大的身体同时倒下,最后是电梯格栅刺耳的关闭声。接着,随着机器开始缓慢旋转,电梯开始下降,究竟是出于主人的自愿,还是出于外界的控制,还无法确定。

这会儿,同时出现了西班牙语和英语两种语言的咒骂声。西班牙语随着电梯一层一层下行,渐渐消失;说英语的人则使用了几个非常下流的表达方式,这些表达方式在这座阿根廷公寓大楼里,可能从来没有听到过。

这时,她拿起一面小镜子,聚精会神地照了照自己的脸,显出心烦意乱的样子。她简单地把头发重新扎起来,往后理了理,把镜子放回原处。

琼斯走了进来,大衣的袖口上露出了一条白缝。他把刚才那扇撞击过的门重新关上,把钥匙插进去,又拔出来,拿着它走窗户边。他打开窗户，把钥匙扔进圣菲大道深处，夸张地擦了擦手。"你不再需要它了。"他冷冷地说道。

与此同时，她走到电话前，忙着按电话。

"哦，不，你不要！"他跑过去，把电话从她手里拿走，"我是属于这里的，我要待在这里。"

她冷淡地耸了耸肩："我说什么了吗？"

他的眼睛睁开了，嘴巴也张开了，满脸迷茫的表情。"嗯？"他傻傻地说道。

"我来演示一下。"她提议道。她又把电话从他手里拿了回来。他太惊愕了，没有抵抗。"你现在把那盏灯关了。"她顺便给了他一个建议，"就达到目的了。"

他太恍惚了，什么也做不了，只是傻傻地看着灯，好像以前从没见过它似的。

这时，她拿起电话，准备完成她原来的计划："我是玛丽·鲁伊特，所有的电话都不要接进来，整个上午，整个白天，整个下午都不要接进来，哦，大概到明天晚上七点之前，我都不希望被打扰。"她正打量着琼斯。他终于弄明白了什么是灯，以及怎样把一盏灯关了：在接近顶部的地方，把开关扭上。

"不，等等，"她撤销了原计划，"我改在八点钟，一个小时是一小时。卢比达来的时候，你替我告诉她，今天休息。如果她争辩，你告诉她，雇主总是对的。"

她艰难地把电话放回座机上；她的两只胳膊到肩膀处，都已经不能动弹，它们紧紧地贴在她身上，像突然被一条大蟒蛇缠住了似的，一圈一圈地缠住，非常熟练。

"让我把这个放回原处。"她急促地喘着气说，"它会把声音传到楼下，你知道的。"她的一只前臂稍稍松了松，从两英尺远的地方，把电话扔回原处。它正好落在原处，设备停止工作了。

灯灭了，现在的窗户上，没有影子。乔治不仅带走了自己的剪影，也带走了她的剪影。这样也好，不管怎么说，剪影已经不能再完全公正地反映原形。他们本来就应该制造出，一个像三明治一样黏在一起的轮廓，是被一辆重达二十吨卡车碾过之后的三明治。

"花了你足够长的时间才到这一步。"她最后有点透不过气来，努力地吸着气。

"嗯？"他声音欢快，但在黑暗中，他的脸可能又是一片迷茫。

"你以为，我不知道你每天晚上都在那里看着我的窗户吗？我已经有十五个晚上不得不在这些窗户前表演了，而你仍然没有意识到要闯进来。卢比达已经给那盏灯换了两次灯泡了，因为使用过度。第一次是换了七十五瓦的灯泡，这个星期，我们一直在用一百瓦的灯泡。每天晚上，演出时间越来越长，风险也越来越大。我不知道我是否应该加点戏——还是应该减点戏。在今晚之后，已经山穷水尽，触底了，这是个好词，触底了。

"干得好,身价数千美元的我的个人才能。唉,要是莫迪知道,我把才能浪费在五楼的窗玻璃上,他准会气得中风的,以我们现在签约的身价。那么你呢?你所做的就是,踢了那里的落地灯底座——"

"你怎么——"

"我有眼睛,不是吗?你以为,我没注意到你这几天来一只脚有点瘸吗?你每天晚上在俱乐部出现时,脚都越来越瘸。我看得出来,你的脚趾很疼。那天晚上,我路过你的化妆室时,从敞开的门里瞥见了你,把棉花塞进袜子里,表情很痛苦。"

"你难道不为我感到难过吗?"他低语道。

"为你难过!如果我没有和乔治约会,我想我会借我女佣的熨斗,带着它走进去,在你没有料到的时候,瞄准好目标,让它在最合适的地方落下。"

接下来是更多的三明治效应,面包挤压着其中的馅料,而馅料也试图做同样的事情。

"琼斯先生,我今晚已经告诉过你一次了,现在我得再说一遍。你很愚蠢。"

"你还说了,很乏味。"

"这还有待证明。"

"我只是一捆旧报纸,记得吗?"

"你现在在我身上印的头条新闻,是最热门的,最新的。"

"这是刚从电波上传过来的一条新闻。"

她的脖子突然在他的肩上一软。"哦，亲爱的，"她恳求道，"让我们停止互损，变得理智点。我们来玩真的吧，这里没有人会笑，这里除了我们，没有别人。"

"真的，"他的嘴唇说着，就去寻觅她的嘴唇，"真的……真的……像这样，永远……没有背景幕，没有化妆，没有提示。"

"我第一天见到你，为你跌倒在庙里的台阶上，从那时起，我就爱上了你。我就是这么想的，从此以后，这想法一直没变。四年过去了，我看着日子来了又去。每年都有人挡着我的路，我看着她们来了又去，巴黎的乔塞特，米兰的马拉泰斯达——"

"我不记得那些名字，我以前从没听说过她们。"

"四年过去了，她们去哪儿了？已经走了吗？这难道就是那一时刻，一个注定要来的时刻，一个我早就知道会来的时刻吗？门不是砰的一声关上了吗？我们不是在布兰德的船舱里吗？难道港口的煤油灯没有滑过水面吗？那不是街头妓女的大帽子吗？上面满是花和羽毛，那是菲格斯帮我借来，掩护我逃跑的，躺在角落里，是刚被我丢弃的吗？你的手臂不是环绕着我吗？像这样，紧紧地，像这样。就像我一分钟前想象的那样，希望它们是那样的。是一分钟前还是四年前？我不是用手捧着你的脸，用我的爱和忠诚，用我的双唇去吻你的脸——就像我一分钟前那样吗？"

"为什么你不早点告诉我？"他恳求道。

"我不想要一个倒追的爱。不应该是我追求你,而应该是你追求我才对。"

"就是这样的,难道你没感觉你周围热情涌动吗?你感觉不到我的心在跳动吗?"

"我只需要等待一分钟,时间不长,到底什么是一分钟?"

"我们绝不会错过的。我们的爱会有未来更多分钟。"

3

她在一个不同的城市醒来,不仅城市不同,公寓不同,房间不同,天空中的太阳也是不同的,空气清新如同刚掠过薄荷树,进入了它以前从未想过要进入的地方。一个不同的她,不同的眼睛,看到所有这些新事物,旧的已经被丢弃;甚至是一个不同的名字,现在是麦克斯威尔·琼斯太太,不再是玛丽·鲁伊特了。

她从床上跳了起来——甚至她的体重也不一样了,就是一把羽毛的重量——冲到窗前,打开窗户。新的城市,不同的城市,在她眼前闪过,充满魔性。蔚蓝的天空,金色的阳光,像脚下棉花糖一样闪闪发光。就连汽车和出租车发出的喇叭声也是悦耳的,犹如每个十字路口的吉他声和木琴声。

前一天晚上,它被称为布宜诺斯艾利斯,她不确定今天叫什么名字,可能是天堂。如果你仔细听,你可以听到天使们的翅膀在空中围绕着你,轻轻扇动,当然还有从圣地亚哥飞来的,泛美航空飞机的嗡嗡声。

她曾经说过，总是同样的孤独。现在，她必须说，总是同样的幸福。

她转过头，卢比达就站在她身后的阳台上，手里拿着一件晨衣，让她穿上。她宽容地朝她笑了笑："你还是来了。"

"我的指令是不要来，我的心告诉我要来。"

"我们不能只凭心意做事，不是吗？"

"进来吧，不要感冒了。"

"感冒？什么是感冒？我以前从来没听说过这个词。"

"我知道，你已经忘记了感冒，但是感冒是否已经忘记了你？坐下，我来帮你梳头。你想要梳原来的发型，还是要新发型？"

"不要原来的，要新的。一切都是新的，我的头发也必须是新的。你能说出我的新名字吗？"

"哦，很容易，麦克斯威尔·琼斯太太。"

她在椅子上转过身来："你是如何——？"

"他教我的。在我来见你之前，就在外面的房间里，他教了我十分钟。哦，他太好了，你的丈夫，琼斯太太！看，他给了我这个，因为我学得好，学得对。"她拿出一大把钞票。

"哦，是吗？"她猛地打开了梳妆台的抽屉，又掏出一把自己的钞票，"嗯，可以两个教练一起教！让我听你说'麦克斯威尔·琼斯先生'，你就赢得了这个。"

"麦克斯威尔·琼斯先生。"卢比达抬起眼睛,尽职地说道,仿佛在读墙上护壁板上的内容。

女主人把奖励的钞票捏成团,塞进她的双手,再加上他给的,紧紧地攥在她手里。

"麦克斯威尔·琼斯先生,麦克斯威尔·琼斯先生,麦克斯威尔·琼斯先生。"卢比达热烈地重复着,就像一列火车,在栈桥上发出咔嗒咔嗒的声音。

她的女主人双手交叠放在心脏附近:"这是我的音乐,我的歌!那儿的香水,是你的了,拿去吧。现在说,'麦克斯威尔·琼斯先生,麦克斯威尔·琼斯太太的丈夫',哦,说出来,让我听听。"

"麦克斯威尔·琼斯先生,麦克斯威尔·琼斯太太的丈夫。"学习者背诵道。

"注意第二个音节。"她的女主人提醒道,她双手紧握、全神贯注地看着她的脸,"哦,听起来真甜蜜。那双银色的小鞋,有带子的那双——拿去吧,拿去。真开心,再试试着个,'麦克斯威尔·琼斯先生,麦克斯威尔·琼斯太太的老板'。"

"麦克斯威尔·琼斯太太的老板。"她说。

"那件,你一直很喜欢的有闪亮扣子的裙子——就在那一头——把它拿下来,你拿走吧!"

"麦克斯威尔·琼斯先生,琼斯太太的丈夫,琼斯太太的老板。"卢比达喘着气,然后又自负地吐了一口气。

"哦，停，停。"她的女主人恳求道，"你要是再这样下去，我的珠宝首饰都要给你了。"

"我说这些，不要钱的。"卢比达提议道，"这样做，你的脸会闪闪发光。"

"那么，我和你一起说。我必须这样做，否则我就要爆发了。最后再来三次欢呼。现在开始，一——二——"

"麦克斯威尔·琼斯先生，麦克斯威尔·琼斯太太的丈夫，麦克斯威尔·琼斯太太的老板。"她们两人异口同声。

"为他欢呼三次！"

"Que viva El!（西班牙语：祝他万岁！）"

"过来，你脸朝下。"

女主人在卢比达的前额上重重地一吻，然后再把她推开："现在你可以退下了，不要再露面，尽快离开。"

"不要我在餐桌边侍候吗？"

"你有没有听说过三人不欢？"

她对着镜子打量了一番，走到卧室门口，手握把手，在门边站了一会儿。

"怎么了，夫人？你忘了什么吗？"

"我只是想让这一刻再持久些，早上打开卧室门的美妙时刻。你看，门的另一边，在另一个房间，我有丈夫在早餐桌旁等着我。我以前从来没有过。从现在开始，我生命中每个早晨都是圣诞节的早晨。"她叹了口气，转动门把手，打开了门，"现在，我的礼物来了，所有的礼物合为一个。"他转过头来，咧嘴一笑，顿时，周围的墙面都闪闪发亮起来。

"早上好。天啊，很高兴能在这里向你道早安。"

"多么美丽的表白！世上最美的表白！再说一遍，再向我表白一次。"

"早上好，早上好。"

"在这里，坐下。"他们相互问候了几次后，她说，"让我来伺候你。"

"为什么不让我来侍候你呢？"他反对道。

"在外面——男人侍候他的女人，那是夜生活；在里面——妻子服侍她的男人，这是家庭生活。"

她倒上咖啡，把他们的两个杯子移得很近，形成了一个双杯；或者说是一个有八字形边缘的大杯子。

"你知道这是什么吗？这是我们第一次共进早餐，我们已经结婚四年了。"

"我们绕了很长一段路，但是，还是到达了那里。哦，如果说你晚上看起来状态很好，"他结巴地说道，"你应该再看看你早上的样了。乐谱的第八首曲子——"

"《你是我咖啡中的奶油》。"

"第十四首——"

"《两情相悦》"

"天哪,你的眼睛闪闪发光。"

"那当然,现在,我拥有了一切。我终于成功了。我有一张早餐桌,我有一个咖啡壶,我有一个丈夫。世界上还有什么可以再拥有的?还有什么可以再争取的?"

她叹了口气,幸福地合上了眼睑:"让我再听一次吧。说出那句话,那是你在这儿过了夜的见证。"

"早上好!"

"早上好!"

他们碰了碰杯。

他们一起来到她公寓大楼的玻璃天棚下,夜空像黑天鹅绒般笼罩在他们头顶,星星似是镶嵌在这绒布上的金色亮片。她把头往后一仰,愉快地吸了一口气。"啊,香槟。"她低语道,"穷人的香槟就是这新鲜的空气,是长生不老药。难道你闻不到春天花朵的灵魂吗?"

"十月的春天。"他微笑道。

"应该是在五月。"

"那不是你的司机吗,在路边,想引起你的注意?"

"我知道,我想假装没看见他。"她用手向外挥了挥,"走开,艾伯特,别打扰我,今晚别烦我。"她偎依着琼斯,两臂缠在他的胳膊上,"我们今晚走路去上班吧。我觉得我们像刚恋爱的男女朋友,很有新郎新娘的感觉。让我们步行去看看这座城市吧。我想了解这个城市,它给我带来了很多快乐。就像——有人送你一件礼物时,你想通过拜访他们,来感谢他们。"

他四下看了看,说道:"你得对艾伯特交代一下,他开着车还在后面跟着。"

"我要把他从痛苦中解脱出来。"说着,她打开手提包,拿出一张钞票,离开了琼斯,走向艾伯特的车。然后,她又回到他身边,她那攀藤般的手臂又恢复了原来的姿势。

"现在,我的的确确用脚在走。但是,看看我和谁在一起走。"

"我比你做得更好。"他笑嘻嘻地说,"问问别人,谁在这笔交易中更占便宜。"

"好的,我会的!"她突然快活地说道。他还没来得及拦住她,她已转过身去,和一位路过的、衣着讲究的妇人搭讪:"女士,我想问你一件事。你愿意变成他,和我在一起;还是愿意变成我,和他在一起?"

"玛丽!"

那妇人很有礼貌地耸了耸肩,不确定地笑了笑,最后指着三个街区外的远处。"Por alla,cero。"她紧张地随口说道,意思是:在那边,我想。

他急忙脱下帽子,向妇人示意了一下,拖着沉浸在幸福中的玛丽上路了。两人笑得几乎透不过气来。"她要送我们去哪里？"他想知道，"不用回答！"

"我们做个游戏。"她提议道，"假装我们是四年前的我们，身无分文，靠小本经营婚姻，我们连上班的路费都没有。你只是——只是乐队里的一个鼓手，明白吗？"（"你就不能让我至少成为一名小号手吗？"他内心请求道。）"我只是同一个乐队的女歌手。哦，我们充满了雄心壮志，但是，我们的袜子都是破的。"（"你今天不是在开玩笑吧。"他暗笑道，"你一定在窥视我。"）"但是，你必须一路上给我买东西。"她总结道，"即使是那时，你也会这么做。"

他们在下一个十字路口等着过马路时，一个提着篮子的老妇人向他们走来："康乃馨要吗？送点漂亮的粉色康乃馨给女士吧？"

"他会给她买吗？"他在一旁对玛丽说，"你打赌他肯定会的！"

她克制地把手放在他的胳膊上："不超过二十五分。"

"多少钱？"他问老妇人。

"半个比索四枝，先生。"

"我只有二十五分，给我两枝吧。"

他拿了两枝花转向玛丽："来，把花别在你的外套上。"

"这里，"老妇人突然说道，"这第三枝花也给你们，你们这么相爱，这些花是为你们而开的。"

"让我给她点东西。"他低声催促道。

她坚定地摇了摇头："别搞砸了。你难道不明白，这就是美的象征；这是她给我们的礼物。你只是乐队的穷鼓手。"（"小号手。"他纠正道。）"这就是我们的所有，二十五分，但我们很富有。今晚，世界上的每一个人都爱我们，我们也爱每一个人。"

他们几乎是一起笑着跑过马路的，差点儿被车撞了。

"他不爱我们，就刚刚，那个出租车司机。"他评论道。

"他们说的'cabron'（西班牙语：混蛋）是什么意思？"

他急忙用手捂住了她的嘴。

"瞧，五分十分店！"她大声尖叫道，"那是他们那种人去的地方！带我进去，给我买点东西！"

"你需要什么吗？"

"没有。"她扮了个鬼脸，"一个礼物。即使是在五分十分店，他也会把钱花在她不需要的东西上。"

"傻姑娘。"他不以为然地低声说。"这个怎样？"过了一会儿，他又说，他扫视了一下一个小瓶子上的标签，瓶子有小拇指那么大小，草绿色的东西。"我的灵魂之花。"他念道，随后打开瓶盖，闻了闻，猛地把鼻子挪到一边，"噢！不！汽油和熟透的甜瓜味，不管是谁的灵魂，放了太久了，又没放冰。"

他们走到另一个柜台。"这里有东西。"他叫了起来，"我们找到了！石榴石戒指，至少是一个像样的仿造戒指，售价仅为 1.25 个比索。"

"你在取笑我们的游戏。"她温柔地提醒他，"他不会那样开玩笑的。"

"那么给我点提示。"他忏悔地说。

"好吧。"她急忙从手指上摘下那个值一万八千美元的宝石戒指，丢进手提包里。"麦克斯，"她伤感地说道，"我从没有收到过你的戒指。即使是我们结婚的时候，戒指也是从比伊那儿借的，记得吗？我知道，你不会马上买，但是，我们现在真的——"她满怀希望地看着盘子，"对我来说，那是来自你的礼物，它让黄铜变成金子，让玻璃变成红宝石，当你不在我身边的时候，我会把它贴在我的脸颊上，对它轻声细语。"

他挑了一个，戴在她的手指上。一个黑眼睛，线条优美的小个子女售货员走过来，站在那里看着他们。

他们举起了新戴上戒指的手指，然后，他先偷偷地用双唇碰了碰它，接着她也这么做了。

"就像那首中音萨克斯乐曲一样，"他低语道，"伍尔沃斯不卖钻石手镯，宝贝。"

她吻了他："谢谢你送我礼物，亲爱的。"

"手的魔力真大，你的手让它看起来像真的一样，只是因为它戴在你手上。当它离开你的手，就变成了垃圾；当它在你手上时，它价值百万。"

他们在柜台前逗留，霸占着柜台。女售货员站在旁边，亲切地微笑着，表示理解。

玛丽突然转向售货员："你喜欢他吗？你觉得他怎么样？但你不能拥有他，我先得到他的。"

"我自己也有一个。"活泼可爱的小售货员回答说，"你也不能拥有他了。"

"这样大家就扯平了，每个人都快乐。"

他们跑出了商店，重重地推了那扇玻璃门，差点把后面顾客怀里的一个包裹撞下来。

"你认为我疯了，是吗？也许我是——为幸福而疯狂。"

"现在开始去工作了。"两人一起加快了步伐，以弥补失去的时间。

"哦，这个美丽的城市。"她兴高采烈地在他身边小跑着，"麦克斯，我们在这定居吧。我知道我们在这里会很开心的，等我们的合约结束后，让我们永远留在这里，不要回去了。我们在这里找到了幸福，我们不要再离开这里了。"

"是现在的我们，还是他们？我只是有点搞混了。"

"我们，我们，我们四个人，我们两个，还有他们。他们两个变成了我们。"

"是的。"他若有所思地说，"为什么不呢？我们为什么不能呢？没有火车，没有酒店。让我们成为先生和太太。我们可以买自己的房子，我可以把银行账户转过来，这里有国家城市银行的分行。我们可以扔掉行李箱，让我们的腰围变粗一点——"

"我有一个很好的理由。"她声音急促地补充道。

"我们要像其他人一样的生活,为我们的生活争取一些东西。我们为什么不早点想明白呢?所有人都这么做,不会错的。"

"而且,我们会永远不去想那个,你知道的,那件事。我们会永远忘记那个的。那只是一个引起公众注意的妄想。既然这样,我们自己也相信这一点。"

他开始吹口哨。

"知道那件事?那个对你意味着什么?"

"再给我唱一曲,能带回一些旧时光的。"

"为彼此而造,你我的心,

同一种设计,共同打造——"

"你的脚累了吗?你今晚还得跳舞,你知道的。"

"你以为我现在在干什么?走路吗?哦,用你的心。"

他们飞快地转了个弯。

"工作的地方到了。"

"今晚不是工作,是——我们在一起,不是吗?哦,我要把他们——"她突然停下来,看着他。

"别那么说。"他温和地提醒她。

随后,他们都笑了。他们知道,他们已经把它对付过去了。当你能对一件事大笑时，你就把它打败了。

"让我们像雇工那样，从旁边进去。"她提议道，"见他鬼的大堂、长毛绒地毯，还有那些随处可得的点头哈腰。最重要的是，我的那些照片，上面布满了不祥的阴影，我今晚不想路过它们。"

"它们是有点恐怖。"他赞同道，"这只是一个营销手段。"

他们走了进去，仍然手挽着手。他领着她，经过他化妆室的门口，然后，径直来到她的化妆室。

"介意吗？"

"有谁听说过，一对已婚夫妻用两间化妆室？"

"你的女佣会怎么说？"

两人进来后，她随手把门关上。直到如今，他才跨过这扇门，走进来。他转过身，向里面投去好奇的目光，仿佛在说："现在你有什么要说的？"

女佣原本在角落里忙碌，这时，手里拿着一件长衫向她走来。

玛丽从化妆台上转过头来看着她，说："你今晚不要待在这里，我现在已经结婚了。"

"但是——但是，谁帮你穿衣服，小姐？"

"我的丈夫，还有谁？过会儿你就可以回去了，把东西放好，收拾一下。"她挥手让她离开。

过了一会儿，她不得不对他说："我没有办法更快了。每次我涂上一点胭脂，你就把它吻掉。今晚，你会有可怕的化妆品中毒症状。"

"我会守规矩的。"他说,"我要离你远点。"

"她把我的衣服挂在衣架上了。不,在后面,你不会找不到的。"

这时,有人敲门。

"进来。"她说道。

俱乐部经理罗伯斯把头伸进了门里:"鲁伊特小姐,乐队已经准备就绪,但是,琼斯先生却不见踪影,他不在更衣室里。我一直给他住的酒店打电话,从昨天晚些时候开始,就没人在那儿见过他了。"

"你猜这是谁,泽维尔·库加特?"琼斯应答道,他从一个屏风后面走了出来,屏风后面都是演出服,他在那里待了一会儿。

罗伯斯手指着地板,极度慌乱,非常震惊地说:"你在那里吗?"

"老派的家伙,不是吗?"琼斯用英语低声说道,"先生,你的下巴需要重新缝合,把它往上推一点。我们已经在一起了,我和我的夫人。告诉第七个节目的小伙子们,我马上来。"

经理退了出去,非常震惊:"但这太疯狂了。"他们听见他喃喃自语。

"某个丈夫,"琼斯说道,"恐怕我这是在到处玷污你的名声。"

"哦,像鞋油一样把它涂黑。"她请求道,"不要在任何地方留下一个亮点。"

他把自己的脸颊贴在她的头顶上:"我讨厌离开你,即使只是三个快速的合唱，很快就来，亲爱的，到时候见。"

"不要忘了，真的——真正的——"

他又吻了她一下："永远。"

琼斯前脚刚走，女佣便胆怯地进来了。

"把门开着，我想听他演奏。"

她竖起手指，凝神屏息，等待着。

"那！那里！听到了吗？这是为我表演的。"

"没有，还没有，小姐。我对你的音乐很熟。"

"你不明白，不是我的专业音乐。他正在台前跟我说话，这是专门对我说的，他在给我传递信息，他知道我在听。"

她向门口张开双臂，然后，把它们紧紧地抱在一起："为彼此而造，你的心和我的心——"

女佣也开始跟着她哼唱，用的是西班牙语："Di que me quier,asi asi——"

"小姐，今晚要出去吗？穿什么衣服？"

"小姐今晚要回家，和她的丈夫一起回家，就穿太太穿的普通衣服。"

"我在架上找不到那种，它们是什么样子的？"

她没听见女佣的话，她已经不在那儿了。她往后台走去，直到能看见他的脸，就在她面前。她的到来，引起了他的注意，他转向她，看着她。她给了他一个飞吻。

他不能公开地给她回应，因为他在台前，但是，他偷偷地送给她一个回吻，他抬起手触摸了一下他的嘴唇，然后指向她的方向。

她把它紧紧地压在胸口，好像她真抓到了什么。她的确是抓到了。

她的上台提示。

她本来就可以闭着眼睛完成舞蹈，让自己的肢体凭着记忆向前舞动。偶尔她不得不转过身，或者不得不面对前方，双眼间的景象就被打破了，但是不会太久。

她在虚空中跳舞，在真空中跳舞。除了他，那里没有别人。

这条蛇今晚不太凶狠，牺牲者并没感到很害怕，这是一条懒惰的蛇，这是个梦幻的牺牲者。

在郊区某处的一个房子里，一个小孩，甚至可能是两个，一个小女孩，一个小男孩。为什么不呢？其他女人都有。如果他愿意，他可以继续演奏，但是，就在城市附近，不用更多的旅途奔波。她再也不会到夜总会去了。即使她开车来接他，她也要在外面等着，直到他工作结束。

没有这些了，没有金丝边，没有亮片，没有彩色灯光。

一分钟以前，她对自己这么说。一分钟以后，她向自己保证。但是，梦只持续了一分钟，当你醒来的时候，你一整天都醒着。我现在醒了，我的一天开始了，漫长的一天——

她扑倒在地，那条杀人蛇在她的头顶上，忽隐忽现，最后静止不动地横在她身上。

远处有人在尖叫，在另一个世界。

在郊区的一个房子，一间小小的早餐室里，所有的人都在——

有很多的噪声，就像她表演结束时一样。

今晚的噪声不太寻常，似有事发生。

有人一直在叫："把灯打开！把灯打开！"一遍又一遍。

那声尖叫又传来了，离得更近了。那是一个男人的尖叫声，通常听到的都是女人的尖叫，但这次是男人的声音，是一声令人心碎的、抗拒的尖叫。

然后，又是另一个声音，不是先前的那声音；现在，又有两三个声音加入："把灯打开！看在上帝的分上，快把灯打开！你们没看见这里发生了什么事吗？"

突然，她周围的灯都亮了起来，光线照到她的眼皮底下，她一直闭着眼睛。

那不是按照提示进行的。本来是麦克斯把她抱起来，和她一起离开后，才会发生这样的事。

有脚步声，有人在打架，或某种程度上挣扎的声音。

一个玻璃杯突然掉在地板上，就在她趴着的头旁边，碎了。一块小碎片划破了她的前额，她能感觉到刺痛。

那个尖叫的声音又来了："我的妻子死了！她杀了她！她在那儿，在那儿！看见她了吗！女杀手！她！我要赤手空拳把她打死。"

琼斯的脸突然出现在她面前,她仍然躺在地板上。"赶快,起来!不要在意最后的程序。他们变得歇斯底里,非常丑恶。我得赶快把你弄出去!"

她挣扎着站起来,他的双臂迅速地把她托了起来,把她拉向侧幕。

"想办法,"她听见他对他的一个乐师说,"拦住他们,直到我把她弄出大楼。那些侍者还不够。"

当他带着她飞快地离开时,她瞥见,沿着舞池的一边,有一堵人墙,就像岸边成群结队的游客,非常恐怖。侍者们拼命地手拉手,形成了一条手臂链,试图阻止人群。

这是一群暴徒的声音,是一群该死的暴徒的声音。

"杀了她!是她害死了他的女人!她是个女巫,恶魔!在警察赶到之前杀了她!杀了他们两个。"

有两三个人闯了进来,忠诚的乐手们试图阻止他们,彼此间爆发了零星的打斗。

背景声中,比希望她死更加不好的是有人突然大喊:"到外面去拦住他们,绕着后面走!他正试图把她带出去!我们可以到后面去包围他们。"

"我们不可能活着离开这栋楼——"她喘着气说。

当他们在后台的走道里奔跑时,经理突然挡住了他们的去路,她蜷缩在琼斯身边。

琼斯向他挥了一拳:"让开,不然我就——!"

经理脸色煞白:"不要——我是来帮你们的!那条路,已经太迟了,他们已经到那里了。我们刚刚锁了门。这里,走这里,进入我的办公室,是唯一剩下的路!"

琼斯突然在门槛处停了下来:"你想骗我们什么?这里有别的出路吗?"

"窗户呀,你们可以从那里跳下去。在两座建筑物之间有一条小胡同。你知道吗?垃圾通道,又黑又窄,通向大街。你们可以在那里待着,等机会来了,乘他们转身就溜出去。"

经理带着他们一起走进办公室,掀开一块布,窗户露了出来。它很小,只有普通窗户的一半大小。当他试图强行打开它时,它卡住了。"Valgame Dios!(西班牙语:天啊!)"他抽泣着,吓坏了。

"来,让我来。"琼斯说道,"把桌子上的那个玛瑙烟灰缸给我。"他用烟灰缸把玻璃从框架上砸了下来,然后在各个边上把碎玻璃敲掉。

"锁上门,锁上门!"经理回头对某人说,他拿起电话,"接警察局。"他焦急地说,"快点,小姐,快点!塔巴里斯这儿有暴乱,叫他们马上派人来。"

他们已经开始在外面敲门了。

"快点,快点!"经理喘了口气,"你们不知道下面这些人什么时候动手，他们不仅会把你们两个撕成碎片，还会把我漂亮的办公室撕成碎片。"

"这才是最重要的。"琼斯冷冷地说道，"别推我，我要看看外面的情况。"他爬出窗外，背朝外，紧紧抓住窗框，然后慢慢让身体向下伸直，用脚摸索着。窗户并不是很高，离地面也就两米多点。

"来吧。"他对她说道，"我在这里接着你。"

暴徒们正拿着一把斧头在门外边，突然门上就出现了道道白色条纹。每砍一次，都能看见刀片在条纹里闪一下。

他把她抱在怀里，让她慢慢地落到地上。

"明晚不演出了。"经理从窗口向他们发出嘶叫声，令人生畏。

"明天晚上不演出，没错！"琼斯坚定地赞同道。

经理把头缩了回去，重新拉起窗帘，遮住了透光的窗框。

黑暗中，他慢慢地从怀里把她放开。当她的双脚踏到地面时，发出了嘎吱嘎吱的响声。

"那是什么？"他说，"小心后面那些碎玻璃和瓶子！"

"不是玻璃，麦克斯。"她低语道，"这些都是我的梦，散落在这里，破裂成碎片，被丢弃在这里，等着收垃圾的人。"

4

他们回到了纽约，刚刚回来，住在一座高耸的酒店里，如果站在高处的窗户前远眺，中央公园会小到像一块绿色浴垫那么大。

他们正在整理行李——更确切地说,是她在整理,而他在打电话。

"我联系不上他。"他说道,而后挂了电话。

"你为什么不去他家试试?"她说道,"他一定已经离开办公室了,已经六点多了。"

"我可以等会儿再打,咱们下楼去吃点东西吧,我饿了。"

他们沿着走廊走的时候,他拐到另一扇门旁边,敲了敲:"我想让伙伴们知道排练的事,万一等会儿我见不着他们。"

他们都在里面,不知什么原因,奇怪地沉默着,只是坐着,没有声音。

"瑞安大楼,周五下午,嗯?"他宣布道,"我租了我们以前用的那间工作室。"

每个人都很安静。

她走了过来,站在他旁边,好像感觉到什么。

"麦克斯……"迪克生欲言又止。

"嗯?"

"我不会去的,我要离开了。"

琼斯走进房间,她跟着他一起进来,他随手关上了门。他的脸色很白,她禁不住担心起来,但他非常沉着、安静、随意:"要离开乐队吗?"

不管怎么说,迪克生对这件事是直言不讳的。"是的,"他说,"是的。"直视着琼斯。

"有什么……特别的理由吗?"

"是的,我要结婚了,你见过海伦。"

"嗯——我结婚了,布兰德和比伊第一次来找我的时候就结婚了。"

迪克生哪儿也不看,只是看着他,连眼睛都不眨一下。看得出来,他讨厌这样被盯着。

"她让我离开的。"他说。

琼斯没有应答。

"刚才我和她通过电话。"

琼斯没有应答。

"她说如果我不离开乐队,她就不嫁给我。"然后,他又加了一句,"这个乐队。"

琼斯没有应答。

迪克生一口气说完,直到最后一句苦涩的话,像药一样的苦:"她说,她不希望我们倒霉,要么她,要么乐队。"他第一次低下头,往下看,然后又抬起头,"我选择她。"

琼斯终于开口了。"祝贺!"他说,然后就向他伸出手去。

迪克生站了起来,他们握了握手,非常用力。

他们谁也没有再说什么。还有什么?迪克生走到窗边,看向另一边。

琼斯转身要和她一起走了:"那么,其他人,我们到时见,然后——"

菲格斯从口袋里掏出一封电报，引起了他的注意。"我不能在迪克生离开的时候辞职的。"他拿着电报说道。

"你当然可以，为什么不呢？你拿的是什么？"

"这是汤米·艾弗巴克提供的一个职位，拉塞尔也有。"

琼斯第一次流露出一点情绪，他的脸涨得通红。"他想干什么，抢劫——"他停了下来，"你想怎么做？"

"接受。"菲格斯坚定地说道，"我很喜欢你，不能不直说。当你喜欢一个人的时候，你能做的，就是直接告诉他，我不想留下来。"

鼓手兼打击乐手的拉塞尔没有回答，这其实就是他的回答。

她第一次开口说话，神情沮丧："都是因为我，麦克斯。"

"我知道。"

"这不是任何人的错。"迪克生说道，"太可怕了。我不想再浪费时间了。我不想靠近它，我不想和它一起生活。比伊和布兰德很早以前就离开了，他们是对的。"

"我们也很爱她。"菲格斯说道，"和你一样，不要以为我们不爱她。"

"剩下你了，帕尔。"琼斯说道，他从他的脸上，看出了他的心思，"哦，你也要离开。"

"我要彻底退出这个行业，麦克斯。"帕尔说道，"我要入股一家体育用品商店。"他是布兰德的继任者，中音萨克斯手。

琼斯忘记了一切,他只是站在那里,看起来很勇敢,但是,到处都是伤痛。

他们也同样痛苦,似乎没有人知道该如何结束这一切。女人可以,但他们是男人。

迪克生不想一直盯着下面的中央公园看。

拉塞尔不想继续低头看那支雪茄,他已经不再抽了,但手里还捏着那支雪茄。

菲格斯不想一直低头看着那个玻璃杯,刚才有人拿着它喝了一小口。

就像琼斯不愿意像学校老师那样,站在教室中间,训斥一群逃学的学生一样。

她知道他们每个人的情况。

他们不知道怎样结束,就这样。

最后,她带着他,当然是不动声色地,把他带出了房间。她是替他做告别的人,正如她所做的那样,轻轻地,以免受伤:"好吧,我们下去吃饭。伙伴们,晚饭后见。"

在门外,他看着她,笑了。

"看来我已经没有乐队了。"

她没法安慰他,也没试着安慰。

"我们走哪条路?要去,还是不去,回房间?"

"我想我也不饿了。"他承认道,跟着她转身走了。

这是布鲁克林第五大道东公园路沿线的一套豪华公寓,年收入在一万到一万五千美元之间的档次。琼斯没让大堂保安通报,就径直走到楼上的门口。

她有些顾虑:"他可能不在家,麦克斯。我们该打个电话的。"

"我们可以等的,无论白天黑夜,他都乐意见到我们。他是莫迪,心肝。你忘记了吗?"

"我不明白——"

"我觉得他出城了,你说呢?"他愉快地回避了她的顾虑,"也许是办公室搞混了。"

门开了,全敞开,很大意地开了。这是那种,只要一听到召唤,门就会大开的家庭。你可以看得出来,房间很宽敞。鲁宾站在那里,领口系着领带,手里拿着老花镜。在他的身后,家用阅读灯的光晕照在地板上,形成了几个光圈,一个留着日式刘海的小女孩趴在地板上,双腿向后在空中摆动,正在阅读漫画书;绿色的地毯;一台电视机正在播放:"现在,为了三千……"一只前额中间有一块白斑的黑色小猎犬,霸占了一张安乐椅的座位,但它那深情的眼睛里,流露着内疚的神色。

"哎呀!"琼斯激动得喜形于色。

"你好,莫迪。"她用平静的声音招呼道。

"玛丽和麦克斯。"他就说了这些,他有点紧张。

"你说,你办公室出什么事了?整整一个星期我都在努力——"

"我雇了一个新女孩。"鲁宾胆怯地说道,"歌蒂离开我了,你们知道的,她后来结婚了。"

"她清楚我的名字,每次我都让她跟着我重复的。"

"我以为是莫迪出城了呢。"她巧妙地暗示道。

他只是看着她,并没有说,他是否出过城。

"听着,我这一周都在找你。乐队跟我爆发了。"

他似乎已经间接地听到了那件事。他的眼睛没有一丝波澜。"我一直在考虑放弃生意。"他有所保留地说道。

至此,他们还没有踏进房门。鲁宾似乎注意到了,与此同时,琼斯也注意到了,她其实比他俩更早意识到。

"进来吧。"他说得有些迟了。他回头看了一眼,是一种可疑的、不确定的眼神,又或是鬼祟的眼神,就像你在看海岸是否畅通,是否安全时的那种眼神。

他关上了门:"你们从没见过我的女儿,雪莉。起来了,亲爱的,你趴在地板上跟人打招呼是不礼貌的。"

"我正打算起来呢。"孩子认真地反驳道,"但我不能一次全部起来,我必须一头先起,再另一头。我已经起来了一部分,还有一部分没开始呢,就这样的。"

"哦,我明白了,亲爱的。"他温和而又认真地说道,"向爸爸的朋友问好。"

她握着玛丽的手。"她真漂亮!"她对父亲惊叹道。

"你也很漂亮!"玛丽说道。

"我知道。"小孩子顺从道,"但在我长大之前,我不应该知道这些,因为,这样会让我自大的。"

"你,"鲁宾严肃地对小猎犬说,"下来。我转身的时候,都进不了门了?当。"一听到第二个字的时候,它就跳了下来,空出了椅子。

"要我叫妈妈进来吗?"小女孩问道。

"现在不要,可能晚一点。"他搪塞地说道。

孩子似乎突然发现了一个骇人的秘密,她的眼睛睁得大大的,嘴巴也张得大大的。"是那个跳舞的女士吗,爸爸?"她上气不接下气地喘着粗气。她向后退了一步,悄悄地躲到爸爸的身后,紧紧地抱住了他。

"嘘,嘘,嘘。"他断断续续地提醒她,他轻轻地扶着她的肩膀,让她走在前头,把她带到一扇门前,让她慢慢地走进去,"现在进去,去厨房,帮妈妈把餐具擦干。"她的小身子转了进去,脸却朝着另一个方向。

"要香烟吗?玛丽。"他回过身来,主动提道,好像要赔罪似的。

"不了,谢谢。"玛丽沮丧地说道,同时低下了头。

"什么都不要说——"

他没有机会告诉他们什么个该说。一位看上去很和气的中年妇女走了进来。"是朋友吗?莫迪,"她亲切地问道,"为什么不告诉我?"

"这是我的妻子瑞秋,大家都叫她蕾。"他亲热地说道,伸出一只胳膊搂住她的腰。他明显没有透露他们的名字,似有点不自然和冷淡。

"蕾,为什么不给他们煮点咖啡呢?"他提议道。

"好的,非常乐意。"她答应道,"我想,除了咖啡,我们还可以弄点别的东西来,你说呢?"她友好地对他们三个眨了眨眼。

"哦,请不要麻烦了。"玛丽恳求道,脸上带着愁容。

"莫迪的朋友不应该在他家喝杯咖啡吗?"她热情地坚持道,"能招待你们是我的荣幸。"

她又离开了。

"失陪一下。"过了一会儿,他不太高兴地说道,就去找她。

"莫迪好像有心事。"不久,为了打破沉默,琼斯开口了,"注意到了吗?"

一个瓷杯突然碎了,就在附近某个地方。

"有人摔掉了东西。"他迟钝地笑了笑。

她的眼里没有笑意:"她只是知道了我们是谁,我是谁。"

"我不明白你的意思。"他茫然地说道,"你在说——"

"麦克斯,我们离开这儿吧,为我,也为他们好。别再拖延了,很残忍的。"

"你怎么了?我们既然来了,就不能一声不响地起身离开。"

她用手遮住眼睛:"哦,情况真是糟糕。我就知道我们不该来,我知道的,我早就知道,你一直给他办公室惹麻烦。我知道这意味着什么。我不想告诉你,但我知道。"

"你在说谜语。"他说道,"你在胡说八道。"

"听着,就一分钟。"

在门外的什么地方,可以听到两个声音,夹杂着谨慎而激烈的争吵声;一个抗议,一个试图安抚。多数时候,言语模糊,偶尔出现一两句短语,无比清晰而无情。

"我考虑的是孩子!我不想和她在一个房子里。谁知道那是什么?"

"我知道他们要来吗?"

"让他们走,让他们走。我不能再出去了,我太紧张了。你看,我抖得多厉害。"

接着,突然一道命令声传来,一定是吓坏了:"雪莉,回来!离门远点!"

"她正从门缝里看着我们。"她酸楚地对琼斯说道,"就像孩子们经常做的那样,当你变成怪物的时候。"

鲁宾突然又进来了,手里拿着一顶帽子。

"哎,我想带你去街角的那家餐馆喝杯咖啡。"他胆怯地说道,"我们才发现,屋里一粒咖啡都没有。"他咽了一下口水,"蕾感到太难为情,不敢再露面。我们过几分钟后再来,把我们的谈话结束。"

"你做得很好，莫迪。"玛丽宽容地低声说着，站起身，走在他前头，到了门口，"我们不想喝咖啡，我们只想走了。"

琼斯根本不能说话，他的脸色苍白，就像你的肚子被踢了一脚，所有的风都从你身上吹过。

"你不必和我们一起下去。"她在电梯里说道，尽量不让他难堪，"我们认识路的。"

"我想，我要。"鲁宾近乎激烈地说道，"我不能让你们就这样走了。"

他们一起下了电梯。他同他们一起走出大楼，一道弧光把大楼照得发白。地铁站就在街对面，这些天，他们都是乘地铁来回的。

琼斯第一次开口说话。"我们知道了。"他沮丧地说道。

"相信你知道了。"鲁宾赞同道，"你知道才好，谁会想对你们撒谎呢？"

"我们结束了吗？"琼斯脱口问道，"你和我们，我的意思是。"

总是滔滔不绝的鲁宾，此刻，似乎很难凑出足够的词来回答："这些天，我正在……删减名单，就只留了迪马蒂诺五姐妹和海尔·威斯顿乐队，其他人都不留。和迪马蒂诺家族是因为个人的关系——她们的父亲和我——"

"我不会接新客户了……事实上，我正在认真考虑，完全退出这个行业，让年轻人自己去操心。"

"我们结束了。"琼斯解释道，"你刚刚告诉我们了。"

"即使我想帮你们，我也无能为力。你们撞上了一堵石墙。这种事可能经常发生。当你们还在继续时，它应该已经在阻挡你们了。那是什么，我说不上来。以前，他们都要你们；现在，他们都怕你们靠近。你们就好像鬼附身了。你们以为我没努力过、做过工作吗？要知道，在你们回来之前，上次的事情所有的报纸都登了。还有一件可笑的事。当它在附近发生的时候，没有人会相信。他们仍然认为，这是一种戏法，是假的，甚至是和警察串通好的，是医学检查。当它发生在遥远的意大利，在南美洲时，他们看到报上同样的新闻时，突然就觉得是真的，因为发生在远方。为什么会是这样，我也搞不懂缘由。《纽约时报》上甚至有一篇关于此事的社论，我自己也看到了，除此之外就没有别的了。就在前几天，威利·罗宾斯，你们知道的，'幸运马蹄'俱乐部的，我还没来得及在电话里开口，他就阻止了我。'莫迪，如果你打电话来是为别人，我就听。如果你打电话来是讨论那两人，我就挂了。即使在电话里，它也让我紧张。我经营的是酒店餐厅，不是停尸房。'"

"这就是给我们的结论。"琼斯惨淡地赞同道。

"你可以试试 M.C.A. 的威廉·莫里斯，另外一个经纪人，也许他们能比我做得更多。"

"要么你，没有其他人。"琼斯沮丧地告诉他。

"恐怕你得把我排除在外。不仅是从商业的角度，也是我个人的感情，我不愿再有瓜葛。"

"莫迪的意思是，他已经答应他的妻子，放弃我们了。"玛丽很有洞察力地翻译道。

他没有反驳她："她是个母亲……你们知道母亲们的样子，她要考虑孩子……"

"她应该和你站一起。"她赞同道。

"她是应该。"他沉重地说道，"哎，我——"他像是被自己的口袋困扰住了，一会儿这个手伸进口袋，一会儿那个手伸出口袋，又或两手同时伸进伸出，好像他的手为将要做的事感到尴尬似的，"我想，你们可以得到一笔钱……我不确定是多少，也不知道以什么名义；我现在没有时间去研究它——"

琼斯用自己的一只手把他那两只颤抖的手按住了，友好而又严厉地说道："不，不用。我们这一行没有版税。我们没能完成南美的约定，所以我们放弃了那笔欠我们的钱。我已经在你办公室里，把这一切都理顺了；我们检查了账目，没有借款，没有赠予。我们只是为了钱而工作。"

"你让我感到很圆满。"鲁宾苦涩地喃喃道。

"我们也感觉很好。"琼斯说道，"非常好。我们离开这吧。"他又对玛丽说道，"这气氛，好像附近有人死了似的。"

"旧时光。"鲁宾沉思了一会儿，说道，"过去的时光是在这里死去的，一定是。"

他又拍拍他的口袋，这一次，他心不在焉，好像这里很痛似的：

"我的办公桌上有一封信，前几天来的，它一定还在那儿。我没怎么注意它。是一个巴拿马人寄来的，那里有个小咖啡馆，他问我，是否认识什么人……对你们，我不建议——"

"我们会的。"琼斯果断地说道，"我们会接受的，不用问。"

"我会……我会写信给他。"鲁宾说话似乎有点困难，"我帮你们查一下。这只是作为朋友，我不要你们的佣金。如果是——是真的，我会备好两张票，放在办公室，你们在一周或十天后过来——"

"不了。"琼斯坚定地说道，"等你准备好了，就直接寄到我们的酒店，不要再这样道别了。你要生阑尾炎了，你看看你的脸。"

"多风的街角，"鲁宾自命不凡地抗议道，"我讨厌这个街角。每次我来这里，我的眼睛都会冒烟。你们不会相信的，在整个布鲁克林，你找不到这样风大的街角，东方花园大道和——"

"再见。"琼斯唐突地说着，就一个人走了。

鲁宾还在那个多风的街角处叫嚷着，不以为然地眨着湿润的眼睛："我想不出，风是从哪儿来的，你知道吗？"

"从心里来的。"玛丽平静地说道。

她把脸转向他："就此吻别吧，为我感到一点点难过吧。"

她转身去追逐她的生活，她那大步流星的丈夫，没有回头。

巴拿马：拉佩拉咖啡馆

1

她醒来时，他正站在舷窗那儿，背对着她，望着外面。他的头顶和肩膀上闪过一道刺眼的光，仿佛有人在他身上撒了小苏打，但他就这样站在那里，堵住了舷窗，把小屋弄得昏暗无光。

她就像从土耳其浴中醒来一样。头天晚上出发的时候，他们似乎把最后的一丝微风留在了运河彼岸的大西洋尽头。"他们怎么克服的？"半夜的时候，她问了他一次，"这热炉？"

"我们到了吗？"她低语道。

"已经到了半小时了。"

"它是什么样子的?"

"我不知道。"

"那么,你在那里看什么?"

"我要看的东西不在那里。"他回答说。

他把肩膀转开,让一部分阳光射进来。然后,他走开了,所有的光都射了进来。太阳光几乎嘶嘶作响,就像塞德利兹火药,是如此的强大。

"你待在那里。"她央求道,"至少还可以遮点光。"

她把一只长袜拉到她腿上:"哦,天哪,尼龙也会烫到你。"

他开始打领带了,突然,他改变了主意,把它拿下来,塞进了口袋。"似有千斤重。"他用水壶倒了一点水,"要喝水吗?"

"不了,我还记得上次喝它的味道,就像机器的铁锈味。"她擦了擦记忆中干裂的嘴唇。

他看着她身上泛起一层白浪,只见她起身穿上了一件洁白的小运动服:"女人总是看起来很酷,即使在这种大热天,她是你唯一能忍受的东西。"

"就一句话,"她简洁地说道,"她可能看起来是这样,但感觉不是这样的。内心深处,她就是你,老兄。"

"内心深处,我像你一样漂亮吗?"

两人都笑了起来。

一个小时后,他们各自提着一个沉重的袋子,走出铁皮屋顶、水泥地面的海关小屋,走进火炉般的巴拿马城。远远望去,隐约中可见一些叶子像鸡毛掸子的高大棕榈树,与一个广场或某条林荫道接壤,但是,连这些树看上去也是枯萎的,很容易着火。

"看在上帝的分上,我们得找些东西遮一下头。"她喘着气说道。

两人所乘的出租车出发了,结果另一辆出租车从他们前面疾驰而过,车子急刹了一下。他们的皮肤,第一次直接碰触到座椅的皮革,有种灼伤感;两人都偏离了座位一会儿,再慢慢地退回来。

"你知道拉佩拉咖啡馆在哪里吗?"

"知道的,先生。我会送你们去那的。"司机用蹩脚的英语回答道。

它离中心城区很远。出租车驶离高速公路,突然停了下来。

"嗨,这是一个士兵和水手俱乐部。我打赌楼上有房间——"

她看了看他,他也看了看她。他低头看着地面,笑了笑,但那是一种很糟糕的笑。

"你降了多少身价?"他低声说道。

她打起精神,不服输地昂起头来。"好吧。"她说,"我是不会上楼的。你最好别让我抓到,背着我偷偷摸摸地上楼。我们进去吧,在这里站得越久,它看起来就越糟糕。"

两人故作轻松地走了进去,谁也骗不了谁。

里面是一副落魄的夜晚景象,虽然现在是上午。只见一排又一排的白色小圆桌子和椅子,椅子都斜放在桌子上,桌椅紧紧相连;

还有许许多多的镜子,除了过道那边的镜子,其他镜子都照不出什么映像;不知何故,电风扇看上去像裸露的人体骨骼,它们一动不动、毫无表情地悬在那,非常醒目;潮湿的彩带悬挂在中间;吧台上方的牌子上写着"辛扎诺苦艾酒",它插着电源,天黑后就亮了;一个无精打采的女人,坐在酒吧的另一头,头搁在吧台上;女人旁边的地板上放着一个篮子,篮子里装着一些枯萎的栀子花,白色的花瓣已成了铁锈色;一只懒洋洋的猫,蜷缩在吧台边舔着前爪,然后,用爪子摸了摸自己的头。

一个胖胖的油腻男人正坐在一张小桌子后面,喝着咖啡。他站了起来,向他们走来。这时,昏暗如刀降临,把他们背后的亮光刮去了。

"经理在哪里?"琼斯说道,"我们是表演嘉宾。"

油腻男不明白。

"我们要见一个叫阿尔玛戈达的人,这里有人叫阿尔玛戈达吗?"

"Piso arriba(西班牙语:在楼上)。"他转过身,指着后面的楼梯。

琼斯为玛丽扶正了一把椅子,示意她坐上去。他又为自己挪了把椅子,坐在她身边。"不,这么热的天,"他小声抱怨道,"我们就待在一楼。"

那人走到楼梯口,用西班牙语叽里咕噜地往上面说了一通,有人叽叽喳喳地回答了他,然后他又叽叽喳喳地说了几句,作为回答。

最后,他回到原位,继续喝咖啡。

接着,是一段相当长的等待。终于,一阵沉重而懒洋洋的脚步声开始响起。他们都转向楼梯方向。楼梯上的那个人,穿着一套丝绸衣服,丝绸衬衫是深杏黄色,手指上戴着一颗大钻石,领结上也有一颗,它们是身份的象征。钻石四处闪烁,射入了他们灼热的眼睛。最后,他坐下来,和他们一起。他的头发闻起来有一股发油的芳香,但头发下部却有一股发霉的味道。

他点燃了一支雪茄,这至少能消除一些诅咒。

"你们觉得我这个地方怎么样?你们失望了吗?"一个瞎子也能读懂他们的表情。

"没有,"琼斯克制地说道,"我们期待——"

"我们没有失望。"玛丽马上插话道。同样的意思,只是措辞更巧妙了。

"这是一个好地方,能赚很多钱。"他说道,温柔地环顾四周,"你们会习惯的。"他承诺道。

"嗨,你们是否愿意先表演一下?反正这里没人。"

琼斯立刻摇了摇头:"我们不试演的,这不是个好主意。记住,你已经和我们签约了。我们在上面签了字。六个星期,并可选择性地续签。"

阿尔玛戈达坦然地耸了耸肩:"我已经付了你们来这里的船票,

这是真的。"

"这个你要从我们前三周的薪水里扣的。"琼斯提醒道。

"如果我现在不让你们演出,我就收不到钱。"他又耸了耸肩,好像在说,无论好坏,我都会和你们在一起,直到我能拿回我的投资。

"别为此烦恼。"琼斯认真地说道,"你不要担心。我们在巴黎为大师们都表演过——"

"我知道。"阿尔玛戈达冷冷地说道,"这就是你们来这里的原因。"

她看见琼斯被刺激了一下,喉咙哽住了。她很快伸出手来,放在他的手上,安抚他,让他克制。她半抬起身,说道:"如果先生实在想看,我们就表演一两段给他看。"

琼斯固执地不肯动:"不,这有关信誉。如果他认为被骗了——"

阿尔玛戈达抬手搓了搓手掌心:"不、不、不!好了,算了吧。你们继续,你们怎么说的,酷,如果你希望这样。不管怎样,这位小姐非常漂亮——"

"也很有才能。"琼斯顽强地坚持着,她的手,又一次在桌下安抚他,"我们什么时候开始?"

"今晚,否则我的场地就空了。昨天晚上,我已经把其他人的费用都付清了。"他重新点燃了雪茄,"你们知道是怎么回事吧?"

"你是什么意思,怎么回事?"

"他们是扔钱过来的。我想，我最好事前先告诉你们。你们不会觉得受了侮辱吧？你们得把钱捡起来，如果你们不捡，他们会不高兴的。"

琼斯又咽了一下口水，这次比上次更用力。"我们不会被侮辱。"他苦笑了一下，"我们已经，有一段时间没有受到侮辱了。"

"嗯！明白了。"阿尔玛戈达准备起身，"你们还没找到住的地方吗？"

"我们刚下船。"

"也许我能帮你们。我把你们介绍给我的一个朋友，一个我认识的女人，她正经营着一栋好房子，你们只要告诉她，你们是为阿尔玛戈达工作的，她会给你们一个内部价。"他在一张卡片上匆匆写了一个地址，递给了琼斯。

"你对我们真好。"琼斯面无表情地说，"我们什么时候演出？"

"我想你们最好早点，晚了会很吵，他们不太注意的。"

"我明白你的意思。"琼斯说道，"我们得趁他们还清醒的时候，震撼到他们。哦，天哪。"考虑她的感受，他只能低声说。

"大概在十点，十点半，"阿尔玛戈达发表意见说，"用不着精确到分钟，嗯？这里没有钟的。"

"就在他们还能看得清楚的时候。"琼斯赞同道，"嗨，你有让我们换衣服的地方吗？"

"哦，当然有，在楼上，二楼，没有窗户。我为你们准备了一个小风扇，你们要去看一下吗？"

玛丽很快地抢在琼斯前面说："也许，我们现在最好不要去了，光线可能仍然太强。"

他们起身要走。

"那么，今晚见。"阿尔玛戈达伸出手来。

琼斯很有男子气概地握着他的手，说道："那么今晚，我们的刑期开始了。"

"刑期是什么意思？"阿尔玛戈达疑惑地问道。

"聘约。"她委婉地补充道，"是聘约的另一种说法。"

"好的，那么，"阿尔玛戈达天真地说道，"祝你们好运，我希望你们在这里有一个好的、长的刑期。"

他们一起离开了那个地方，但这次，他们没有笑。

阿尔玛戈达推荐的寄宿处，并没有他们想象的那么糟糕，可能是也没有期待什么，至少比拉佩拉咖啡馆干净一些。也许任何地方都是一样的。女房东尽量表现得友好。她的英语有一种粗鄙的口音，这种口音，是三十年来在全国各地大沟挖掘过程中留下的，就像一桶生锈的钉子和破裂的螺栓一样。她快速地扫了一眼他递给她的卡片。

"因为他，我会给你们一个好房间。他是我丈夫的老朋友。他们是，你们怎么说的——在生意上，两人如同一人。"

"伙伴。"琼斯补充道。

"后来，我丈夫得了黄热病，是蚊子叮了他。"她猛拍了一下，好像看到了那个蚊子，"就死了。"

她带他们上楼看房间。嗯，那是一个房间，家徒四壁。你只能说，那是一个房间。

"不要开窗。"女房东警告道，"会很热的。"

"那么，之后会是怎样？"琼斯很好奇，但他没有按下开关。毕竟，天气不是她的错，是大自然的错。

"晚上，铁皮屋顶会凉快下来的。"她承诺道，"空气会新鲜。"

她带着一种善意的好奇心，把他们两人打量了一番。"你们是艺术家，对不？"她说。

玛丽突然走向她，握住她的手。"谢谢你。"她感激地说，几乎哽咽了，"谢谢——你这么称呼我们。"

琼斯迅速而关切地侧目看了她一眼，轻轻地把女房东扶了出去，随手关上了门。

他转过身来，两人勇敢地、无力地、犹豫地相视而笑。

"最后一站，全部下了。"他说着，扯开领带上的结。

"你要喝一杯吗？"他问她。

她摇了摇头，还不要："我不想太早开始。我有个想法，一旦我上瘾的话，我要有一个我自己的私人酿酒厂。"

他违背了女房东的嘱咐，试了试百叶窗，很快又把它们合了起来，摸了摸下巴。"呜嗷！"他悲伤地喊道，"信不信由你，这确实很伤人。"

她开始大笑。

他一听就不舒服,这不是好笑的笑声,这笑声太反常了。

笑声越来越长。

"不要笑,停下。"他抓住她的肩膀,想稳住她。

一句理智的话,出乎意料地从欢乐的喷泉中冒了出来:"我停不下来,麦克斯。快帮帮我,麦克斯。我停不下来了。"

"你这是在歇斯底里,我不知道怎么做。"他试着用手封住她的嘴,但是没有用。

"来,抓住我,靠着我。"

他抚摸着她的头发,她不断地向他靠拢,向他大笑。

"我知道,我知道这很难,我知道这很糟糕。"

随后,眼泪流了出来。他好像转动了她身上的钥匙。

他让她哭去所有的笑声,把它洗掉。

"你为什么哭?"最后,他安慰式地问她。

"因为你是你,因为我是我。因为生活——就是这样。"

这是一个哭的好理由,这对任何人来说都是一个足够好的理由。

2

咖啡馆里,人满为患,比空着的时候看起来还要糟糕。所有的轮廓都是不清晰的，到处烟雾弥漫。风扇在天花板上全速转动，但也只是把烟雾从一边吹到另一边，无法驱散它。这是个低级夜总会，这里充斥着扭曲的、局促不安的生命体，它们是属于地下的，不应该冒出来。有舞者嘴唇上涂着口红，眼睛画成黑洞，貌似蛆虫，身着紫红色、绿色和橘红色的服装，跳着舞；另一些人像失明的虫子，眯着眼睛，正努力地爬进自己的酒杯里。大家一起摇摆，似静态舞蹈。你看不出他们什么时候在跳舞，什么时候没有在跳。

她倚在栏杆上："像个锅炉厂。"

"你知道，这不是法庭判决。你只需要说句话，然后——"

"我们今晚就在这里表演。如果他们不想关注它，就不必关注。表演还是要进行的，在所有的噪声中。"

"好的，我帮你开始。"他往下走了三步，环顾四周，抬头看着她。"如果可以的话，就不要太靠近任何一张桌子。"他提醒她，"他们看起来像一群手贱的人。"

"我在中间待着，如果有中间的话。第一组副歌的时候，我就从楼梯上下来。"

他继续往下走，一直走到破旧的立柱边。阿尔玛戈达正站在一旁，等着宣布他们的演出。

"让他们安静一点，行吗？"琼斯脱口而出。

"当她开始表演的时候，会的。我希望。之前是没有用的。"

他用双语做了介绍。"Señores y señoritas, 女士们和先生们。"

然后，表演开始了。琼斯在乐曲过半时，开始了柔和的伴奏，并在结束时走入渐强音。

她现在正在下楼，没有聚光灯。琼斯侧过脸去，偷偷看了她一眼，然后，又继续他的工作。噪声开始减弱了，稳步上升的钢琴音符，现在开始盖过了噪声。

我们已经把它对付过去了，他对自己说。

他能感觉到，她就在他身后移动，紧挨着他；他能感觉到空气在流动。有一次，她的衣服一角还掠过了他的胳膊，又被风吹走了。

他们现在很安静，就像任何高素质观众一样的安静。即使是失败者也能理解死亡，可能比成功者更能理解，因为，多数时候，死亡离他们更近些。

她回到楼梯口，准备结尾的表演。她选择这里，是因为中间地板脏得令人可怕，而且裂得很厉害。他们放弃了全身倒地的动作，她让自己在楼梯扶手的支撑下，慢慢倒下。

不协调的音符从地板上传了过来，她以为他弹错了，其实他没有。

"把钱捡起来，捡钱！"阿尔玛戈达用手背推了推琼斯，"否则，你会惹他们生气的，他们认为——"

琼斯从长凳上跳了起来。"我会把这周围的钱从地板上捡起来的。"他严肃地说道，"我来做，别让她做。"

阿尔玛戈达看了他一会儿，说道："你做得不对，捡的时候应该微笑，而你，却是满脸悲伤地走来走去。"

"微笑？我真想把它们，扔向那些飞吻的人！"他阴沉着脸宣告道，快步跑上楼梯，背对着他们，也没有向他们鞠躬致意。

他冲进破破烂烂的更衣室，气愤地把硬币往墙上一扔，把它们弄得像飞舞的亮片，很漂亮，但很不整洁。"我们是什么，两个波威里街的流浪汉，潜入锯屑里找烟头？"

"既来之，则安之。"

"我受不了了，玛丽。我不能让你也这样。"

"过来，吻我一下。"他给她烙上愤怒的唇印，但她似乎没有感到任何疼痛，"我们要完成这份合同。你可以让事情变得困难，也可以让它变得简单；你可以让它变得重要，也可以让它变得不重要。如果，我的手套或手帕掉在地上，你会帮我捡起来。所以，你只是……帮我捡，我的东西，仅此而已。"

"逻辑学。"他鄙夷地皱起了眉头。但是，当晚的第二场演出，他开始主动拾取被扔到地板上的钱币。

你穿着来自日本的蓝色棉质睡袍，上面印有白色的仙鹤和菊花，他走了，房间里弥漫着陈腐的粉饼味、香烟味和铁皮屋顶烤焦的味道，你就这样开始了。你拿着酒杯，然后开始了。

女房东敲门，她想知道，你是否愿意让她来整理一下床。告诉她，不要。不，别管它。今晚，你工作的时候，她可以进来整理。

女房东拿起她的铁桶走了。你听不见她的声音,她穿着毡毛拖鞋,但你听得到水桶的声音,仿佛它靠着自己的力量走远消失。一个幽灵桶。哐当,哐当,哐当。

在那之后,非常安静,太安静了。

你放了一张唱片,然后你坐在那里,你和你的酒杯。然后,你做着梦,但你的眼睛是睁着的。梦幻的音乐,来自过去的音乐,那些只对你倾诉的东西,小声点,别让别人听见。

告诉我,你为什么要用这样的眼神看着我?……一只烟头落到了地上,他从他一直等着的树下走出来。

"你好。"

他笑了:"我打赌,你甚至不知道电话是什么。"

"嗨,"他激动地脱口而出,"我想带你四处看看,看看电视机和电冰箱。想想去巴黎你会做什么。"

她走近了一些:"但最重要的是,给我爱。"

"你为什么会这样爱上我?"

"我不想你聪明,我只想要你现在的样子。"

"我是不应该在我占优势的时候放弃的。"

他伸出胳膊搂住她,她把头靠在他的肩上,他们就这样来回走着,月光从他们的背上洒落下来。

"哇,月亮!它让我这样做,这样,这样。"

"亲爱的,到曲线处你要看住我了,前面危险的曲线。"

"我会与你一同绕过去的。"

"真是鸡同鸭讲。让你这么做，我真感到羞愧。"

> 告诉我，你为什么要用这样的眼神看着我，
> 当它们说的并不是它们的本意？
> 它们让我高兴，也让我悲伤。
> 它们让我渴求很多我从未拥有过的东西。
> 你和我搞暧昧是为了什么……

又一杯酒，又一张唱片，又一场老电影——动了起来，呼吸了起来，华灯初上，像真的一样。

有人来看守我。

"小伙子们从台上下来了。"比伊说道，"现在，在玻璃上记一下数。"

小号手过去了，单簧管手过去了，金属吉他手过去了，就连麦克斯也拿着一杯可口可乐走了过去。

"你数了几个？"比伊问她。

"六个。"玛丽说道。

"不要介意，告诉我是谁失踪了。"比伊说道，"我在你前面呢。那是你的梳子吗？我能借用一下吗？他站在那里为她点香烟，弯着腰，撅着屁股。"

"我会赔你梳子的。"比伊许诺道。

"我从不知道,她们是还是不是。"布兰德解释道,擦拭着自己,"所以,当我这样看着她们的时候,我所做的就是想知道,她们是还是不是。"

"如果你看她们,兄弟,她们就是。"比伊粗声粗气地说道。

"我疯狂地爱着他。"比伊小声地对玛丽说,"疯狂地爱他。"

  他是我心灵的钥匙……

  我希望他是

  一个会守护我的人。

记得我吗?

"你可以站起来了。"她轻蔑地告诉他,"我的女佣会做的。"

"你把我的糖果给了看门人。"

"我不应该那么做,我不想连累他的。"

"你把我的花送给了医院。"

"它们让我恶心。"

"你把我的香水给了你的用人。"

"她的品位就是这么的廉价。"

"你把我的钻石表还给了珠宝商。"

"我已经知道时间了,既然我不打算和你一起去任何地方,我也不需要知道得比以前更清楚。"

"你就不能把你的刀,从我身上拿开,你让我遍体鳞伤。"

"看在上帝的分上,我会对猪肉做什么?"

"那是什么?"她的女佣恐惧地尖叫道,"看那,所有的灯都在晃。"

"也许有人讨厌墙。"玛丽耸了耸肩。

  因为我是那个拿着你前门钥匙的人,
  为了我,你去杂货铺购物,
  是的,我是你留下晚安之吻的人,
  记——得——我——吗?

我想恋爱——

有一次,他们把它录了下来,小伙子们和他。她手里拿着的就是这张唱片,正要开始播放。那是他,他和小伙子们,就在那儿。那些声音,那些音乐。过了一会儿,比伊的声音会响起,唱出歌词。记得比伊吗?(她到底怎么了?她现在在哪里?)

歌声把我们带回到纽约的夜晚,回到最开始的时候,在攀登开始之前,他们还在等待时机,一个,她几乎独自拥有他的夜晚。

比伊和布兰德家的门铃响了,他们在自己家照顾她。他们俩都出门了,只有她一个人在公寓里。她站起身来,拿了个东西围在身上,走过去看是谁。

他站在那里,和善的,傻里傻气的,穿着很糟糕。他平时不是这样子的,不过,这是在空档期。他是个可爱的醉鬼,有些男人酒后变得好斗、野蛮,而他却相反,变得像小狗一样听话。他腋下夹着一张唱片,就是现在这张,刚刚录制好。她始终没有弄清楚,究竟是什么风把他带到这儿来的,究竟是什么驱使他,那天晚上到他们家里来的。他们家有个留声机,也许他想试试新唱片。有一件事她可以肯定,不是为了她而来的。停了一会儿,他认出了她,想起了她是谁,有点心不在焉:"哦,你是我们的那个孩子,你是我们那个跳舞的小孩,那——就是你,你穿着这件浴袍,看起来不一样了。"

他靠在她身上,她把他扶上了一个椅子,他又继续靠在椅子上。他是那么的友好和信任别人,不像他清醒的时候。他平等地待她,向她敞开心扉,把他所有的秘密都告诉她:几天前的牌局上,他怎样从小伙子们那儿赢了二十七美元;他怎样挑选这首老歌来录制,他认为这对他们大有好处(她当场给他放了,从那时起,他就不许她把它从唱机转盘上拿下来);她让他想起了玛丽,就像玛丽一样,就像她一样,这让她很难过,原来那个玛丽是他在埃尔克哈特的初恋情人,现在,已经有了两个孩子。

她甚至可以指挥他。她大胆地试了一下,果然奏效,他听从了她的命令!这使她非常激动,就像他的妻子一样。

她说："你待在椅子上，现在安静点。"她装出严肃的样子，走进去给他准备黑咖啡。她回到门口说："我刚才怎么跟你说的？我告诉过你别动吗？"她拍了拍他的手，他又倒回去了。

她端了咖啡进来，跪在他旁边的地板上，一勺一勺地喂他："张嘴，现在咽下去，把嘴闭上。"这是一场完整的爱情戏，她的第一次。

他说："等你长大了，你会很棒的。"

"我现在已经长大了。"她斥责道，但他听不明白。

他说："我可以待在这里吗？这里感觉真好。如果我待在这儿，你会反对吗？我想当个绅士，但是，在这里很舒服。"

她说，声音低而谦卑，他可能根本听不到："哎，从法律上讲，我们俩是结了婚的。我可以……我可以……比伊外面有个大沙发，她和布兰德可以——"

她甚至帮他上了床，在一定程度上是这样的。她蹲下身子替他脱了鞋，然后，走到门口，威胁说："我五分钟后回来，我希望你安静地待在被子里。"

"好的，夫人。"他闷声说，而她不得不用双手抓着门把手，克制自己，免得回到屋里去吻他。终于，终于，有属于你自己的人，去爱，去命令。如果是酒精的作用，又怎样呢，她也会接受的。如果可能的话，她会让他醉上一年的。

过了五分钟，门铃又响了。她以为是比伊和布兰德回来了，就跑去开门，想告诉他们所发生的事。她知道，他们俩会为她感到高兴的。

但是，不是他俩，是一个陌生的姑娘。

她向玛丽展示了如何真正地管理一个男人，不要像小猫，要像山猫。

"他在这儿吗？"她问，然后，径直走了进去，砰的一声，关上了卧室的门。玛丽不敢打开门跟着她进去。

过了一两分钟，她猛地打开门，把他带了出来，鞋子已穿了回去。"如果你这么想放松，"她咆哮道，"我有你需要的一切，在我这里。你不需要到处按门铃。"

他经过玛丽身边，侧身说道："让唱片一直播放着，我就会回来的，你和我一起听。"他还对着玛丽眨了眨眼。

"是的，他会回来的。"他的劫持者冷冷地允诺道，"当我有了第一根白发的时候，我会用轮椅推着他来，把他留在门口的。"她把他拖走了，就像一只过于友好的小狗，太熟悉陌生人了，不适合它的主人。

唱片还在播放，一直在唱，一直在唱，眼泪顺着一个个音符滴落下来，也跟着在四四拍。她蹲在那里，侧着身在地板上哭泣，满脸愁容地贴着落地柜。

她不会让它停下来的，因为他说过他会回来的，因为那是魔法，是你施的咒语，是你说的话，是你许的愿，它会带他回来，它必须播放着，必须。

只是因为你在我身边，有趣的是，当你在我身边时——

这时，天已经亮了。比伊的手臂伸过她低垂的头顶，把留声机关掉。比伊轻轻地把她扶起来，把她靠在自己身上，拍了拍她的肩膀。

可他还是没有回来。这张唱片的魔法咒语失效了。我想恋爱。

酒瓶现在空了，酒杯也空了。唱片在最后没有声音的空白处，发出沙沙声，只是不停地转啊，转啊，就像你，就像生活。

幻想曲，幽灵般的旋律，来自过去的音乐，低声耳语，对你，对你一个人，你已经破碎的心再次破碎。

3

然后，突然有一天晚上，出现了一卷包得很紧的纸币。

他们原来是不扔纸币的，纸币是不能扔的。

他破了他的规矩，看了它一眼，还没到楼梯口之前就看了它一眼，那是紧紧卷着的纸币，一根橡皮筋从上面滑过，把它固定住了。那是美元，他看了一眼就知道。他从楼梯上扫视了一下室内，在这个地方，谁能做出这样的姿态？

他敏锐的目光立刻发现了他们，他们很容易被找到。在其他衣衫褴褛的人群中，他们非常显眼。他们有一张小桌子，在这个地方，这本身就是一件非常之举。他们是两个人，两个男人，都很年轻，但身边却没有女性陪伴，这更像是一个壮举。他们一定是想做什么都轻而易举的人，在刚进来的时候，一定还用过苍蝇拍。

其中一人，穿着一件条纹短袖运动衫，被称为巴斯克衫，还戴着一顶潇洒的游艇帽，但他绝不是一个加油工，或商船船员，因为他手腕上价值三位数的金表链，会立刻让人消除这种想法。他前面的桌子上，有一个薄薄的金烟盒，打开着，烟盒两半薄得就像刀刃。他的酒杯里有香槟，他并没有喝，香槟是租用桌椅奉送的。他只是随便走走，参观一下贫民窟。

他的同桌，穿着深色裤子和热带晚礼服的短上衣，甚至还有一根腰带，是百老汇音乐剧喜剧版的打扮，不是这里的惯有着装。他大约三十岁，一个很浮夸的三十岁，打扮得有点累赘。

他举起酒杯，想向她致意。但是，他只向她的脚后跟致了一个意，因为她的脚一抬，飞快地从视线中消失了。琼斯喜欢这样的场景，好像玛丽要把那个人的香槟酒杯踢翻似的。

他随手关上化妆室的门，把捡的钱倒了出来。"就在刚才，"他对她说，他刮掉橡皮筋，把纸卷展开，给她看，五个五元，二十五元，美元，"是那两个穿着戏服的家伙给的，你看见他们了吗？"

"我没看见任何人。"她说。

这并没有让他安心，他们看见了她。

"他们富得流油，而我们却身无分文，真不是滋味。他们只是向我们显摆，他们有钱，而我们却囊中羞涩。"

"我们并没有身无分文。"她温和地说道，"扣除所有费用，我们可以挣二百六十五美元，从星期五算起，还有两周，我们就可以离开这里。"

"门上有一张纸条，让你去他们的桌子，和他们会合。"

"拒绝了——"

她的话还没结束，敲门声就已经响了。

连他也不由得笑了一笑。

他走过去开门。

"请原谅，先生。有两位先生——"

"我们知道，我们看见他们了。"他打断了侍者的话。

卡片上印着休·方丹的名字，然后，侍者加了一句："你愿意做他的同桌嘉宾吗？"

"那个游手好闲的混蛋。"他恶狠狠地说道，"我听说过他，酒精和油脂渗出每个毛孔，一群女孩跟着他到处走，全力取悦他。"他折起卡片准备要撕。

"等一下，"她说，"我来对付。"

她接过那张卡片，又从侍者那儿，拿了一支铅笔，写了几个字，在其中的称谓下画了一条线："请原谅麦克斯威尔·琼斯太太"。

"我们要把钱退回去吗？"她问他。

"不必了，我们只是用同样的方式回敬他们。"他把全部二十五美元都递给了侍者，"告诉先生们，你已拿了小费，现在别再接受他们的任何东西了，雷蒙。"

"这是唯一的生存办法。"他关上了门,转过身来对着她时,她感激地说道:"这仍然是唯一的生存方式。我们总是这样,高姿态,要么上,要么下,绝不中庸、平庸。"

她走过来吻住了他。

"我爱你现在的样子,保持住你原来的样子,即使你不得不破产,也不要放弃,这种伟大的姿态。"

"你的妆卸完了吗?我们走吗?"

"好的。"她说,"我们回家睡觉吧。我们只是两个劳动人民,我们已经完成了今晚的工作。"

这不是正确的战术。第二天晚上,他们又来了,同样的桌子,同样的金烟盒,同样被冷落的香槟。

这次他们没有扔钱,至少,他们动了脑筋。

这样,让琼斯更加不爽。有了钱,至少你可以做点什么,可以把它还回去,把它撕碎,要么把它扔掉。他们只顾自己的事,问题是,他们的目标就是玛丽。

有一枚硬币滚到了他们的桌子跟前,他故意让它去,不去捡。他才不会,在离他们脚那么近的地方,弯腰捡起地板上的东西。他还怀有一些希望,他们中的一个会捡起来,这样他就有理由狠狠地揍他一顿。

一只脚伸向硬币,想把它推得更近一些;另一只脚重重地踩在硬币上，把它钉在原地。

他抬头一看，那张皱着眉头的脸，是穿巴斯克衫的人，这位一定是方丹，另一个只是个跟班。

两人鼓掌，直到手冒烟，方丹和跟班。

他关上门说："他们又来了。"

"第一次我没答应见他们，我怎么能在第二次见他们呢？"她只是想让他感觉好点，他知道的。

敲门声比前一天晚上来得还要快，就过了三分半钟，敲门声就响起来了。

"节目休息时间。"他打开门，无奈地说道，好像要把门把手扭断。

这一次是阿尔玛戈达亲自来了，他睁大了眼睛来传递这个重要的消息。

"我来特别邀请小姐……也请您，先生，下楼来参加一个私人派对。"他兴奋地搓着双手，"只为你们两个人的特别派对，没有其他人会在那里。"

"这么友好。"她一边擦着脸，一边低声说。

"今晚不行，乔。"琼斯极其平静地说，"这就是我要传达的信息，'改天晚上，也许可以，但不是今晚，乔。'你不会明白的，但是他们可能会明白。现在要把特派部队干掉。"

"但是你不明白的。看看，"他从一捆绿钞票中挑出一张来，"怎么说呢，今晚余下的时间，他把我整个地方都包下来了。所有的门都关上了，我不得不上来和每一个人说，现在关门了，这里要开私人派对。"

琼斯给他在做脚步指导，就好像是一个在排练踢踏舞的舞台监督："左边那个稍微靠后一点，就是这样，再看另一个，把它们都拉平。"他砰的一声关上门，会见被中断了。

"他有点老土，不是吗？"他暗示道，"在佛罗里达多拉时期，他们经常这么做的，不是吗？晚上把整个场地租出去——"

"哦，我不认为这是针对我个人的。"她轻松地说，"也许他对房地产感兴趣。"

第二次敲门声很客气，很谦逊。如果敲门声可以被称为迷人，那就是迷人的敲门声。这是你的门，你不必打开它，但如果你愿意，我将不胜感激。

"怎么回事？"他问她，"没完没了了？"

"方丹先生似乎无法接受，'不'这个答复。"

于是，他走过去开门，又说了句庸俗的话："拉佩拉咖啡馆幕后的高级生活，或'她的重要时刻。'"那敲门声，几乎可以打开任何一扇门。

那个穿着巴斯克衫、三十多岁的年轻人正站在那里。近距离观察时，他的脸，甚至比在楼下看到时还要干瘪。他出生时可能就满脸皱纹，琼斯思忖着。他恭恭敬敬地把游艇帽放在胸前。

"请允许我自我介绍一下，好吗？"他说。严格来讲，他是对着琼斯说的，好像她根本不在那儿似的，这样就更难让人怨恨了。你怎么能拒绝一个男人自报家门呢？还有什么比这更值得尊敬的呢？

"我是休·方丹，琼斯先生，我上来是想告诉你，我是多么喜欢你们刚才的表演，我是不是太打扰了？"

他们毕竟是演员。他战胜了他们，可能，他俩都知道他赢了，两人一起被收服了，没有掌掴，没有肢体冲突。

琼斯没有回答。"谢谢！"她谨慎地应答道。

他没有要离开的意思，他也没有做任何其他事，可以让你关上门赶他走。

"我们正要回家。"琼斯说，又加了一句，"我的妻子，琼斯太太。"

"晚上好。"他说，嘴巴抹油，把琼斯那僵硬的脖子都润滑了。

"晚上好。"

他们知道，他们不能当着他的面把门关上，他们已经见过他了。他们仍然没有请他进去，反正只有一把椅子，而她就坐在上面。

"我说不动你们到楼下和我们聚一下吗？"

她替自己和他回答道："对不起，方丹先生，我们已经表演过了。这样炎热的天气里，我们晚上只演一场。"

他做被惊吓状："哦，但是你们没明白，那个胖经理做了什么，曲解了我的意思？我是邀请你们，作为我的客人，和我们一起小聚。"

他们两人都没有立即回答。

方丹没有等他们应答，继续说道："好吧，我就直说了。我想向你们提供一笔业务，我想和你们讨论一个商业议题。"

"商业议题？"琼斯警惕地问道。

玛丽现在准备走了，她走了过来，和他们两个一起站在门口。

"你们看，我的游艇，密尔米顿号，就停在那里。我和一群朋友在海上巡游，来到这里，下周五晚上，我要在船上举行一个盛大的派对。现在，你们觉得，我是否可以邀请你们……？"他没有说完，让他们自己揣摩。

"跳那支舞。"她很冷淡地补充道。

"我想我们没兴趣。"琼斯简洁地说道。

"但是，你却在这里做，不是吗？"

"这不一样。我们不表演原来的版本，我们这里的观众，不知道这是什么舞，他们也不在意看到了什么，对他们大多数人来说，这只是另一种歌舞表演。"

他习惯于我行我素："听着，费用不是问题。我希望这个派对成功——"

"你们中的大多数人，方丹先生。"她亲切地说道，"我们经常读到关于他们的报道。"

他并没有生气："不，不是那样的。事实上，他们所写的大多数东西都被夸大了。这些特稿作家不知道还能写些什么，所以，他们总是找我，'可靠老手'，帮忙。我受的孽比我造的孽多，相信我，这是事实。"

"但是，无论如何。"她笑了笑，转身继续下楼，"'罪孽'这个词都是牵扯其中的。"

琼斯紧跟着她，对方丹说了一个压缩词"晚方丹"，就像用了一个搓得紧紧的纸团扔向他。

方丹跟在他们后面，走下楼来。他的神情就像是，遇到了暂时的挫折，但决不会放弃自己的目标。

她在无意中停了一会儿，惊讶道："这就是人群散尽的样子。"

现在，只有他们三人组成一队，从上面下来。方丹不管他们，仍然和他们在一起。

下面，只剩下餐桌上的那个人了，他站了起来，站在一张椅子后面，按照领班的礼节，准备把椅子挪开让她坐。

方丹对他摇摇头，苦笑了一下。"琼斯太太不喜欢我，"他说，"她用了一分半钟的时间得出了一个客观的结论，我就不评价了。史蒂夫，把椅子放回去。我们得为她干一杯，没有她在场的情况下，我们也会真心诚意地为她干杯。"

她意味深长地看了琼斯一眼，好像在说："如果你知道办法，就告诉我怎么做！"

"你知道所有的制服方法，对吧？"她带着一种成熟的冷淡态度对方丹说,这种态度是她想象出来的,"谁训练你的,杀人犯刘易斯?你不在乎用什么方式,只要制服他们就好。"

"我是个有身份的人,"他抗议道,脸上露出可笑的鬼脸,不知怎么就把障碍扫除了,"我绝对没想过要制服你。"

"好吧,我也是个有身份的人。"她坚定地说道,"你已经在逼迫我了。"她走过去坐了下来。

"我不是个有身份的人。"琼斯直言不讳地说道,"所以我要坐下来,确保你是个有身份的人。"

两个男人听到这句话,都不加掩饰地放声大笑起来。

当陌生人因你的笑话而发笑时,琼斯告诫自己,一定要留心。

"琼斯太太,这是兰德尔队长,我的队长。"他在介绍的时候,打了个响指,还未介绍完,香槟已经倒好了,就像这样。

"向一位非常可爱的女士致敬。"他举起满满的酒杯,说道。

"你最好说得具体一点。"她提议道,"你可能知道很多,方丹先生。"

"我只知道,今晚只有一个。"他殷勤地说道。

"大谎言,或者是短暂的记忆。"她无情地说道。

"我们都很欣赏你们的表演——"兰德尔开口对她说,试图转移她的注意力。

但是他失败了。"不,"她突然抗议道,"等等,方丹先生,你在写什么?"

他从桌上一个文件夹里，取出一张淡蓝色的长方形纸，用一支自来水笔，在上面写着什么。

"不是给你的。"他说得很顺，"等我写完后，我会把它塞到杯子下面，像这样，让它留在那里。现在，它离你还远着呢，不是吗？我总是这样开支票，坐在桌子旁。这两件事似乎是同时发生的。"

"你在做这件事的时候，也会像这次一样，总是对旁边的兰德尔先生眨眼睛吗？'一万美元'。"她读道，虽然是倒着看的，"毫无疑问，这是拉佩拉的服务费。"

回到他们自己的房间，琼斯对她说："你知道他的想法，对吧？"

"不只是想让我跳舞？"

"他真的在乎舞蹈本身吗？他是一个赌徒，他以他疯狂的赌博闻名于世：他要赌两朵云，哪一朵先碰到太阳；两滴雨，哪一滴先落在窗玻璃上；两根火柴，哪一根可以一直燃烧到尽头。他的一生就是一个漫长的赌注。"

"现在要赌某人的死亡。"她阴郁地笑了笑。

"他的支票，现在，在我的手提包里。"她说，"我没想到，我会把它带回家。我看见他把支票放入杯底。那个时候，另一个人试图分散我的注意力。但我杯子里的香槟酒，反射出他的手在上下移动写东西。一只自负的手，但我能看出它在做什么。"她把包递给他，"打开看看，我是不是错了。"

他打开包，把支票拿了出来，看了一眼。"一万，"他说，"你为什么不讲出来？"

"他只会继续坚持，而我已经烦了，没有最后的结果。我们可以留着它，也可以把它撕了。"

他把支票放在桌面上转了一圈，然后把它留在那里："我们该怎么办，把它撕了吗？还是咽下我们的自尊？"

"你能有多少自尊？"

"你是那个跳舞的人，你做决定。"他转过身去，拉下领带，用套索把它挂在壁橱的挂钩上。过了一会儿，他又转回来。

支票不见了。"支票呢？"他问。

她对自己说的话都感到好笑："在我包里。"

4

方丹的私人游艇在码头等着他们。他们在码头下了出租车后，看见游艇上的船员在向他们敬礼致意。

"运输工具罢了。"琼斯低语道，"我应该回敬他吗？我不知道游艇的规矩，从来没有拥有过游艇。"

当他们一起坐在船尾时，她说："谁想要游艇？"

伴随着一声巨响，犹如虹吸管里喷出一股苏打水，他们离岸出发了，刚开始还有些摇晃，后来就稳定下来了，几乎感觉不到在移动。

所有停泊在海湾里的船只，都散发出不同色彩的灯光，使水面呈现出令人眼花缭乱的红色、红宝石色、绿色、黄色和白色，就像漂浮在水面上的一片片五颜六色的瓦片。游艇在它们中间横冲直撞，留下了一个黑色的尾迹，而不是白色的。接着，幻影马赛克又在它后面合并起来，合拢成彩色的列队，有鲜红的、红宝石色的、绿色的、黄色的、白色的。它们把水面弄得五彩缤纷。

他的游艇，是所有游艇中最远的一艘，它就像从黑暗的水中升起的一小团日出，闪闪发光。它跳动着，颤动着，当它靠近其他船时，它像镰刀扫过，那悸动变成了舞曲。管弦乐队正在演奏"尽情享受，比你想象的要晚"，可以看到舞者们不安分的影子，混乱不堪，在船尾白色的顶篷下转来转去。

"方丹先生的主题曲。"她挖苦地说道。

方丹站在梯子顶端迎接他们。对着她，他举双手致意；而对琼斯，他只是敷衍地点了点头。

"现在，你们到了，夜晚才真正开始。"她想，此话他以前一定说过一千遍了，在另外一千个夜晚、一千个舞会上，他说得那么流利。

"这边请，我带你们看看。"他用一只胳膊搂着她的腰，引导她。他没有一直把手留在那里，只是开始的时候搂了一下，然后就放下了，然后又有一两次扶上她的腰，引导她朝正确的方向走，然后再滑落。但是，她的腰留在了他的心上。

琼斯紧跟在他们后面，以一种相当无情的眼光看着他的手，起起落落。

"我已经为你的表演清理了后甲板。在那里，你现在看到他们跳舞的地方。我们一会儿就把椅子拿出来，让他们坐下。我想，把顶篷卷起来，这样聚光灯就能从顶篷照到你身上。你觉得那样好吗？你不介意在露天跳舞吧？"

"我认为这样效果会非常好。花多少钱，也不可能像这样，把星星挂在屋顶或天花板上。"

"我弄到了你指定颜色的幻灯片，在这个区域买不到，所以，我只得从美国空运过来，是租借的，星期一必须还回去。"

他把他们带到楼下的一个房间里，琼斯仍然是后卫。

他从一个镀金的酒桶里取出香槟酒，凑到准备好的高脚杯上，询问的表情看着玛丽。

"表演之前，我从不喝酒的。"她面带微笑地拒绝道。

他对琼斯的询问是顺带的，只是摆了一下头，好像连顺带都嫌烦。

"不要。"琼斯说，他的声音听起来也很厌烦。

方丹自己喝了一点，作为招待他们的表示。"为成功干杯。"他说。

"谢谢！我们尽力不让大家失望。"

他环顾四周："我想你会找到一切的，你需要一个女佣吗？我给女士们准备了一个。"

"我一个人可以更快。"

他走向门口，然后，他又折回来一点，似乎想再说点什么：

"你准备，准备要做那件事，对吗？"

"什么事？"她故意装傻。

"我的意思是，你要跳的是真正的那个，原版的那个，而不是改编过的。"

"这对船上的派对来说太残忍了。"她指出。

"但是，这就是我——邀请你的全部目的。"

"你不必说'邀请'，是'雇佣'。"

"有偿邀请。"琼斯讽刺地折中道。

"那得由你来决定，方丹先生，是你在开派对。"

他握紧拳头："那我要把盖子打开，要全部的表演，要全力以赴。"

"你不怕——发生什么事？"她微笑道。

他的眼睛发亮，那神情几乎是狂热的："我是怕——不发生什么。"他平静而清晰地说。

他走后，她看着琼斯。

"你听见了吗？"

"我告诉过你，他在赌。"他说，"他会对任何事情下注，他在这方面是出了名的，马匹、拳击手、狗……现在是这个。如果你问我，我认为这家伙完全是疯了，不仅仅是奇怪，完全是疯狂。"

"他想做什么，提前搞定我？"

"我想，只是为了保护他的赌注吧，确保你的舞，能让他越来越旺。"

她几乎要把她的裙子，从她肩上扯下来。那会儿，她正开始准备。

"你不觉得疼吗？"

"不会。"她愤愤地回答道，"但它确实让我感到自己被蒙在鼓里。"

有人敲门，琼斯去开门。

一个身材高挑的金发白衣女郎进了门，并随手关上了门，走过他的身边。从她的头发上垂下一缕薄纱，她道："晚上好，我是康斯坦斯·瑞恩。你就是那个——把他们迷倒的年轻女人，我猜。"

"我试着不去。"玛丽平静地说道。

"我可以跟你单独谈谈吗？"她的眼睛扫了琼斯一眼，然后又转回来。

"他是我丈夫。"

她亲切地光顾此地，就像是去参观驾驶船舱一样："哦，我不知道你们是夫妻。"

"是的，我们……看到别人这么做，所以我们觉得我们应该像他们一样，这么做。"

瑞恩小姐 心只想着自己的事，甚至没有意识到自己被激了一下。"你能控制它吗？它不会和你一起消失的……是吧？"她冷淡地问道。

琼斯走到窗前，不想让自己受干扰，隔着窗子在抽烟。

"你指丈夫和妻子的事？"玛丽理解错了，但很甜蜜。

"你在玩我吗？"金发女郎不耐烦地说道。

"哦，那舞蹈。"玛丽回过神来，纠正道，"我说不准，说实在的，我不能说，因为我自己也没有把握。这就是你想知道的吗？瑞恩小姐？"

"你能知道的！"金发女郎厉声说道。

"真的，你这么感兴趣真是太好了。"玛丽感激地说道，"我想这只是为了研究的兴趣吧。"

金发女郎把手腕伸出来。

"你觉得我的手镯怎么样？"她突然说道。

"直到现在我才注意到它。"

"好吧，注意看了。"

"注意了。"玛丽通报道，眼睛飞快地转动了一下，就把它盯得死死的。

"你把它留着做担保。"金发女郎说着，开始脱手镯："舞蹈结束后，给你五千元。"

"五千元，为什么？"

瑞恩小姐恼怒地说道："我们别再幼稚地绕圈子，你已经有点年纪，跑江湖多年，没必要对这件事有所顾忌。我在这支舞上押了两万五的赌注——赌它不露锋芒。我愿意给你五千，这样我就能得到剩下的两万。"

"我不会那样玩的。"玛丽几乎是粗暴地告诉她。

金发女郎深深地吸了一口气："跟你说话有点难，是吧？"

"非常难。你要做的就是停止尝试，这样对我也很合适。"

金发女郎把她的手镯往手臂上推了一下。"你还有什么喜欢的吗？"她拼命地坚持着。

"你的勇气。"

"出去，女士。"琼斯突然下令，走过去为她把门打开。

那是一群很难对付的观众。有些人坐在甲板的躺椅上，有些人坐在椅子上，有些人坐在地板上，实际是坐在甲板上，大多数人都是站着的。那些不依附于任何特定地点的人，自由散漫地移动着。人们的手不断地伸进胸前或背后的口袋里，到处都有人在打赌。一个船员跟前，有三四个人正排成一路纵队等候，就像在售票窗口一样。

她站在人群的后面，在等待提示，尽量使自己不引人注目。

两个女孩摇摇晃晃地走过来，她们喝醉了。其中一个女孩的眼睛上垂着一缕头发，她不停地吹头发，想把它吹走。她们先是盯着她看，然后又互相探询着。

"是她吗?"其中一个嗓音沙哑地说道。

"一定是的。"另一个说道。

"我想我最好加倍下注,我觉得她可以的。"

"你从哪儿弄的钱?"

"男人那儿。"这是明确的回答,"就先前的那一个。你想和我一起去吗?"

"不了,我有自己的男人,我还没用过呢。"

她们又回到了刚才来的地方,在空中留下了一道清晰的痕迹,就好像一盏神灯刚刚转了一圈,然后甲板上又没了它的身影。

方丹正准备上前介绍她。乐队为他吹奏了一首迎宾曲,以引起大家注意。

瑞恩小姐不见了。

要传达提示了,她与琼斯目光相遇,点了点头;他也注意到了乐队指挥的目光,然后点了点头。打击乐奏起了开场的和弦,她开始向前。

这是一种可笑的入场方式。为完成尴尬的序曲,她飞快地跑了一小段,绕着圈,然后,面对着他们,停了下来。

他们安静了一点,只是一时的好奇心。

瑞恩小姐重新出现在观众中间。她站在方丹身旁,举着一杯满满的香槟酒,低低地悬在唇边。他的手臂弯曲在胸前,双手正紧紧地攥着什么东西,他试图强行打开或撬开的东西。她不知道那是什么，一个烟盒，一个打火机，可以是任何东西。

一张张面孔，一盏盏灯笼，一行行细细的甲板支柱，在甘草色的夜空下，像粉笔画的线条，全都开始颤抖、晃动、发散，就像透过热折射看到的景象，但那是因为她自己也在扭动。

然后，这些轮廓再一次结合在一起，就像一块块的油墨在一起流动，所有的东西都被清晰地凿刻了。瑞安小姐正把香槟酒杯举到唇边，方丹的手不见了，它们已回到了他的衣袋里。

玛丽突然向她转过身来，一个转圈击中了酒杯。瑞恩拿着酒杯的手空了，甲板上溅起了水晶碎玻璃。

她先是茫然地看着，然后，怒目而视。

舞蹈结束了，音乐也随之慢慢地停止。

"他放了东西进去！"玛丽喊道，"我看到的。"

瑞恩小姐看了他一眼，似乎有点恍惚，然后又回头看了看她。

"你这个傻瓜！"玛丽喊道，"如果你不愿意，就别相信我，我为什么要告诉你？"

"赌注，"瑞恩小姐轻声说道，好像是自言自语，她突然把头转向他，"你就是这样赢的吗，休？"

他没有回答，大步走到栏杆前，把什么东西扔向外面，瞬间发出金属般的光泽，是像火柴盒或小药瓶那样的东西。他对这件事的态度很平静，仿佛这是世界上最无害的举动。

"我那么需要钱吗？"他回到她身边，说道。

"不，这不是钱的问题。"她愤懑地赞同道，"是关于输掉赌注的问题。我了解你，你不会停下来。要知道，这不只是跟我打赌，船上几乎每个人都在这支舞上下了赌注——而你是我们所有人中，唯一以另一种方式下注的人，那就是赌有人会被击倒。"

他耸了耸肩："这只是个表演，没有什么会伤害到你的，只是晕倒液。"

"那要谢谢你了。"她低声说，双手捂着脸哭了起来，"现在起，有些事，我永远也确定不了。"

玛丽继续往前走，移开眼睛，试图穿过人群，来到琼斯所在的地方。方丹突然挡住了她的去路，他的眼睛就像一潭毒池。她目不转睛地盯着他的双眼时，几乎被迷住了。她知道，不管别人是否知道他的情况，他一定是精神错乱了。

他的肩膀抽动了一下，玛丽的脸颊有种刺痛的感觉。

"别多管闲事！你这个不值钱的库奇舞舞女。"

过了一小会儿，她才意识到自己被打了一巴掌。这时，琼斯已奋力挤过人群，来到他们这边。他拽着方丹的后衣领，把他拉了过来，然后，从下往上一提，奋力一拳。方丹的头转了过去，他咧嘴狰狞地一笑，露出凹凸不平的牙齿，一个趔趄，滑倒在甲板上，像被人拖着一样，不出片刻，就静静地躺在那儿，完全昏迷了。

"麦克斯，"她乞求道，"麦克斯，看在上帝的分上，带我离开这里。"

他伸出胳臂搂住她,穿过人群为他们开辟的一条宽阔的通道。这条通道,是出于对他的英勇无畏的致敬。他催促着她走到梯子顶上。她从来没有想到,他出手会这么重,他大部分时间都很随和的。

当他们从护卫官身边经过时,他并没有阻拦他们,也许这一拳也是这位军官多年来的梦想。

在他们身后,乐队好像得到什么提示,突然发出"嘟嘟、嘟嘟、再见"的声音,掩盖了已经开始的喧嚣和骚动。

4

汽艇把他们送到一个小码头,两人孤零零地站在那里。汽艇的尾流,现在正在返回游艇的路上,发出一种声音,好像是沙子被倒进了一只铁桶里;它那小小的尾灯摇曳着,摇晃不定地前进,就像一个滑行着的红色高尔夫球,在黑色的高尔夫球场上疾驰而过。

她没有任何动作与继续向前走的意思。他没有逼她,随她去吧。他就站在她身边,胳膊放在她的腰上。黎明前,从港口吹来的潮湿微风,拂动着她的衣裙,使它显得凌乱不堪。

"到此为止了,麦克斯。我们不能再往前了。"

"我们什么都没做。"他坚定地说,"我们做了什么吗?"

但她又说了一遍:"到此为止了,麦克斯。"

"我们回房间去好吗?"

她缓缓地点了点头:"女人晚上应该进屋里,我没有别的地方可去。"

她看见他四处张望,想找一辆出租车。"我们走走吧。"她说,"也不是很远。"

他们一起慢慢地走着。从背后看,他们就像一对情侣,他的胳膊搂着她,她的头靠在他的肩膀上;但从前面看,他们就像两个迷路的人,失神的眼睛盯着前方。

"你再也不用在拉佩拉跳舞了。"

"是的。"她沮丧地答应道,"我再也不用在拉佩拉跳舞了。你知道我在想这事,是不是?"

"是的,我知道。"

"如此亲密,"她低语道,"我们可以不用言语,就了解到彼此的想法了。"

"这就是婚姻,我们各方面都结合了,我们是一个整体,它与戒指或书上的誓言无关。"

"然后,你也分享了我的恐惧,我确信有什么地方不对劲。"

她双手同时抓住他的胳膊,非常用力,仿佛要把胳膊从他身上卸下来似的。

"让我们接受它,面对它吧。我们独自在一起,这是晚上,没有人能听到我们。哦，让我们说出来吧，这里不是拉佩拉，不是今晚在游艇上的狂欢派对。我们把它说出来，明说吧，让我们互相大声地说出来。"

然后，她深深地吸了一口气，把自己的脸转向他，当着他的面，说道：

"这是舞蹈。"

他低下头，表示赞同。

"一直都是舞蹈。"

他仍然低着头。

"它毁了我们的生活。开始，它把我们捧得很高。然后，它又把我们拖下来。"

在这寂静的夜晚，他们的脚步声，仿佛是对这段绝望独白的配乐。

一路上，只有她在说，他实在也没必要说，因为她所说的代表他们两个，她说的也是他的心里话。

他们到了寄宿的地方。

他们把房间里的灯打开，关上百叶窗，以防止有飞虫进来。

她没有看他在做什么，他也没有看她。然而，他们从来没有像现在这样彼此在乎对方，他们所做的任何一件事，都是为了对方。

他终于看了看她。她在床上，仍然穿着那条晚会上的裙子，懒散地侧身斜靠在床上，一只手臂弯曲着压在身下，然而，懒散的轮廓下，迸发出的是紧张。

她的眼睛一直在等着他转过去，他以前从未见过它们如此紧张。他们四目交汇，她的双眼直勾勾地盯着，仿佛是一把带刺的老虎钳。

"有件事我想和你谈谈。我想，即使你不听，都已经知道了。看看你的脖子，突然变得多么僵硬，你都动不了了；再看看你眼睛中间的黑眼窝有多大，几乎把整个瞳孔都占满了；看吧，你一下子就站着不动了。"

"因为你在和我说话。"

"不，因为你心里已经知道我要说什么了，我还没说呢。"

"明天你再告诉我。"

"不，我现在就告诉你，现在，必须是现在，在这里，在午夜。"

"那就告诉我。"他投降了。

她摇了摇头："这不是你在抽烟时谈论的事情，把它扔了。"

她懒洋洋地躺在那里，眼睛若有所思地望着远处的什么地方，绕着圈子告诉他：

"对于它，也许有什么，也许没有。你知道我在说什么，对吧？"

"它。"他消沉地说。

"我要彻底放弃它，这样，它就不会再伤害我们了。我要知道，你是否愿意和我一起冒险？"

他的脸色越来越苍白了，不是突然之间变成这样的，是慢速度的那种；是因为长期的恐惧，在你的内心深处，长久地在你的内心深处；不是那种快速、限于表面的恐惧。

"为了我们的爱情，为了我们的幸福，为了我们未知的将来，你愿意和我一起去冒险吗？"

他的舌头也吓坏了，他太害怕了，都不敢回答。

"每一次，在我周围的人群中发生这种事，我都用'可能是'或'可能不是'来伪装自己。我不需要提醒你，我不需要回顾我们的小讣告列表，那么短，那么可怕：为莫迪擦鞋的人，他从小住在哈莱姆区，心脏一直很虚弱；那位在米兰的意大利人，他的血压升高，他吃得太多，就在他吃饭的时候，他和女儿们吵得很凶，已经有好几个星期了；蒙特利尔的那个人，他在日本战俘营里待了两年多。

"也许他们会在同样的夜晚，在同样的时刻死去，即使他们是在家里读书，即使他们在床上睡着了。

"它总是有不在场证明，它总是有十几个，五十个或一百个左右的人可以安全地掩盖它，现在，它再也不能逃脱惩罚了。

"我从来没有真正测试过它。除了我，没有别人的时候，我从来没有跳过。和它单独待在一个锁着的房间里，那里它没有可以攻击的人，那里没有人可以被攻击。"

"不——玛丽。"

"这就是我现在要做的,这就是你得让我做的。"

"不!看在上帝的分上,别这样!别管它了,难道这还不够吗?"

"从你嘴里说出的每一个字只能证明,在你的心里,你相信它是致命的,你害怕它。你自己可能不知道,麦克斯,但你的反应,暴露了一切。我们都生活在无形的恐惧之中。它毕竟是一条真正的蛇,而不是神话;一条盘绕在我们的心头,把我们的心都碾碎了的蛇。它的毒牙,不断地撕咬着我们的心。现在,我要拔掉它的尖牙。"

她开始慢慢地从床上爬起来。她这么做的时候,他小心翼翼地往后退了一两步,自己却没察觉到。他不是怕她,而是怕她心怀着的目的。

"你把我一个人留在里面,不要有别人。我要把门锁上,然后把钥匙拿出来。在这里面,除了我以外,不会有别的生物,如果它发动袭击,也不会有别人。"

他眼睛中央的黑眼窝越来越大,直到把整个瞳孔都吞没,这是他紧张的唯一信号,而他自己并不知道。

"我要在角落处的那个小留声机上放张唱片。我要以我从未跳过的方式,跳这支舞。你还从来没见过我这样跳,当中没有停顿,是他们在寺庙里教我这样跳的,是一种纯粹祈祷的舞。那会儿,它还没有变成一种娱乐。那以后,舞蹈里所含有的东西都被我忽略了。"

他不断地说"不",但不是用他的声音,而是用他的头,和他无声的嘴唇。

"当一切结束时,如果我还活着,我会把钥匙放回门里,打开门,出来见你。我们再也不会害怕了,你和我。阴影会消散,陌生感会消失,我们会像其他人一样,你和我。我们可能贫穷,也可能富有;我们可能会好,我们可能会坏;我们可能快乐,也可能痛苦;但我们永远不会再和其他人不同。"

"现在我们没有什么不同;我们呼吸,我们说话,我们吃饭,我们相爱,我们在一起!哦,就这样吧,不要再招惹它了,别胡闹了。"

"你看看你做的,你是相信的,你的每一次抗议都说明了这一点。这和你想说的正好相反。"

"不,我不相信,我不相信,没有什么可相信的。"

"不过,你额头上的汗珠,它们相信。如果没有什么可以相信的,那么,这些汗珠是怎么出来的?哦,麦克斯,你是不信,但你的皮肤相信,你的毛孔相信。而你,就在那层皮肤里,所以,哪一个才是真正的你?"

"但是,为什么你不走自己的路呢?为什么不让它自己去呢?为什么要招惹它?你所要做的就是,不要再跳它,远离它……而且——而且什么也不会发生,它会让我们自己去的。为什么要把自己变成某种人体避雷针呢？"

"但是，如果没有闪电，那么避雷针就是安全的。这就是我们要证明的。"

她打开门，伸手去拉他的手，想让他出去。

"我要花多长时间？十分钟。然后，你就不会再害怕了。我不会再看到你恐惧的眼睛，不会再看到你现在的这种眼神。不要试图改变它们，眼睛是唯一不会说谎的东西。"

"那就让我继续害怕吧。不要这样做，很晚了，你累了，现在我们都缺乏信心。躺下来睡一觉，我会坐在你身边，守护你，让你远离忧伤。明天我会带你离开这里。"

"但是，今晚，"她坚持道，"我要试演一次，要么生，要么死。"

现在，她逼着他退到敞开的房门口。她把胳膊举过他的肩膀，温柔地绕在他的脖子后面。

"吻我一下。就这么五到十分钟，仅此而已。下楼去，在台阶上抽支烟，就像小伙子在等他约会的姑娘，而她还没有完全准备好；或者，到拐角那个小地方去喝点什么，只喝一杯，然后再回来。"

他们的嘴唇碰在一起，好似两人以前从未见过似的；好似两人是经过一生相思之后，才发现吻是什么。

她在门缝里慢慢地往后退。

"让我再吻一下，"他焦虑不安地说，"只一下。"

"只要一小会儿时间，"她承诺道，她答应着，因为那扇狭窄的门遮住了他的脸，使他的脸变得模糊，像时间，像死亡，"我会再次打开这扇门的。别怕，亲爱的，别怕。我会马上出来的。"

最后一个音符，那个标志性的音符，鼓声的悸动，拉长了，变细了，就像一个气泡，不情愿地粘在一个下翻的曲颈瓶口；然后，就断了，消失了，再也看不见了。留声机的唱臂，还在唱片末尾无声的纹道上不停地旋转，唯一的声音，就像干燥的落叶在互相摩擦，叹息着每一季中生命的消亡；就像一根接一根，干枯的叶梗，在叹息的尽头折断，不是响亮的断裂声，而是轻轻的折断声。

她面朝下一动不动地躺在地板上。她那抖动的手腕还在她自己的头顶上，她一动也不动。舞蹈结束了，最后一次，舞蹈结束了。

留声机的唱针现在很疲惫了，它挣扎着，对抗着缓慢运转的唱片，突然，它滑向一边，停了下来。这是另一种死亡，一种较小的死亡，发生在那边的唱机转盘上。

沉默和平静。

心跳不能改变，思想不能传递。

但是，每一次心跳，都仿佛在说，我活着，我活着，我活着。每一次心跳，都是事实的真实证明。她的思想在胆怯地说：我赢了。这是个谎言，没什么。它并没有伤害我，它并不是来伤害我的。现在，我能感觉到，恐惧慢慢地消失了，从每个毛孔里流失，就像夜雾一样；而幸福在悄悄降临，就像晨光扫过大地。但是，还要静静地躺一会儿，不要过早行动，给它们充分的时间去改变。

突然，相对于死亡的静止，她又开始运动起来，在胜利的漩涡中移动。现在，她跪在地上，独自在房间里；上半身向上伸展着，充满着得意与欣喜；她的眼睛湿润而明亮。

啊，谢谢你，谢谢你，为了我的生命，也为了他的生命。

门把手转动着，然后又转回去，没有声音，屏息以待。转动，再转回去。他一定就站在那里，就在门旁边。他太害怕了，不敢用手去敲它；太不确定了，不敢呼唤她；他怕呼唤她，没有应答。转动和反向转动的门把手，只是在无声地向她恳求。

她跪着移到门口，她可以站立起来，但由于太匆忙而没能这样做。她双膝跪地，用膝盖"行走"，双臂得意地向门口和他伸展开来。

"我来了，亲爱的，你能听到我吗？我来了，我还在这里，我快到了，我到了。"

接着，在门口，她直挺挺地站了起来，脸贴着门，可以听到他在门的另一边的呼吸声，惊恐而恳求的呼吸声，就像他在亲吻她时，传递过来的呼吸声，是如此的靠近。

"麦克斯，麦克斯，你能听见我吗？我就在另一边。结束了，结束了，我来开门。回答我，麦克斯。告诉我，你听到了。要很长时间才能拿到钥匙——

"你还好吗?"

"我一切都好。你没听见吗?那是个谎言,不是真的,已经过去了。准备好你的双臂,我要过来了——"

门缝开得很窄,他们互相望着对方。眼睛,灵魂的镜子。

他向她伸出双臂,想要拥抱她。她甩开门,好像它是一块松动的、没有固定的木板或嵌板,妨碍着她似的。门口现在很宽,很宽,很宽,宽广得足以让生命回来,也足以让死亡匆匆离去,只为了让它从曾经被打败的地方逃出来。

她扑进他的怀里,他的双臂紧紧地把她搂住。

他们亲吻着,伴随着断断续续的话语,就像初恋的情人要表达炽烈的情感,将欣喜若狂转化为最原始的语言。

"我们赢了,我们赢了。我们重新开始,幸福始于——"

他的双臂无法支撑自己,仿佛她的肩膀、她的侧身,都涂了油,用某种软膏涂抹过,双臂滑了下来,似爱的套索、手铐、活结,把她围了起来。滑下去了,太低了,不能再吻她了,也不能再让她吻了。

起初,滑到她的胸口时,他好像是出于一种深深的渴望,一种悲伤,一种寻求慰藉;然后,到她的腰部,就变得迷糊,或者像一个忏悔者。

地板的表面发出悲哀的、砰的一声,有什么东西懒洋洋地在上面翻动着,躺下了,他的脸朝上仰着,压在她的双脚上。

他的眼睛睁着，但再也看不见她了。

他的脸转向她，但再也不认识她了。

她还没来得及动一下，垂落到他身边，她就知道，他已经死了。

图书在版编目（CIP）数据

死亡舞伴 /（美）康奈尔·伍里奇著；徐蔚译. ——
上海：上海文艺出版社，2020（2022.2 重印）
(康奈尔·伍里奇黑色悬疑小说系列)
ISBN 978-7-5321-7663-2

Ⅰ. ①死… Ⅱ. ①康… ②徐… Ⅲ. ①长篇小说－美
国－现代 Ⅳ. ① I712.45

中国版本图书馆 CIP 数据核字 (2020) 第 074460 号

死亡舞伴

著　　者：[美] 康奈尔·伍里奇
译　　者：徐　蔚
责任编辑：胡　捷
装帧设计：周　睿
责任督印：张　凯

出　　版：上海文艺出版社
出　　品：上海故事会文化传媒有限公司
　　　　　（201101　上海市闵行区号景路159弄A座3楼　www.storychina.cn）
发　　行：上海文艺出版社发行中心
　　　　　（上海市闵行区号景路159弄A座2楼206室）
印　　刷：上海中华印刷有限公司
开　　本：889毫米×1194毫米　1/32　印张6.75
版　　次：2020年11月第1版　2022年2月第3次印刷
ISBN：978-7-5321-7663-2/I·6096
定　　价：35.00元

版权所有·不准翻印

上海故事会文化传媒有限公司　出品（00962）www.storychina.cn
想看更多精彩故事？扫码下载故事会APP

上海故事会文化传媒有限公司所有图书可办理邮购，免收邮费（挂号除外）
汇款地址：上海市闵行区号景路159弄A座2楼206室(201101)；收款人：上海故事会文化传媒有限公司出版发行部
联系电话：021-53204159
如发现本书有质量问题，请与印刷厂质量科联系 T：021-60829062